Jørn Riel

Vor dem Morgen

Jørn Riel

Vor dem Morgen

Aus dem Dänischen
von Wolfgang Th. Recknagel

Unionsverlag

Die Originalausgabe erschien 1975
unter dem Titel *Før morgendagen*
im Lademann Forlag in Kopenhagen.
Deutsche Erstausgabe

Im Internet
Aktuelle Informationen,
Dokumente, Materialien
www.unionsverlag.com

2. Auflage 2006

Rieterstrasse 18, CH-8027 Zürich
Telefon 0041-44-283 20 00, Fax 0041-44-283 20 01
mail@unionsverlag.ch

Umschlagfoto: Luciana Whitaker/Getty Images
Druck und Bindung: Freiburger Graphische Betriebe
ISBN-10 3-293-00355-9
ISBN-13 978-3-293-00355-2

Erster Teil

I

Oft wurde Ninioq von Unruhe ergriffen: ein sonderbares, beklemmendes Gefühl, gegen das sie nichts machen konnte. In der Regel geschah es morgens, wenn sie wie gewöhnlich früher als alle anderen erwachte. Sie lag auf der Pritsche unter dem Schlaffell und spürte, wie die Unruhe einen unsichtbaren Knoten unter dem Brustbein bildete, von dem aus unangenehme, fast schmerzende Wellen sich bis hinunter zum Bauch ausbreiteten.

Und mit der Unruhe kamen die Gedanken. Dann war ihr, als stünde sie am Rand des Lebens und schaute in einen klaffenden Schlund der Leere. Und sie begriff, diese Leere war die Summe all dessen, was gewesen war, die verwischten Spuren des menschlichen Wandels.

Denn alles hatte sich verändert und veränderte sich immer weiter. Obgleich das Meer und der Himmel und die Welt der Berge sich gleich blieben, obwohl Menschen geboren wurden und starben, wurde sie von dem Gefühl beherrscht, dass sich alles in Auflösung befand, dass sie und ihr Stamm sich aus dem Leben, wie es stets von den Menschen gelebt worden war, hinausbewegten.

Zuerst verschwand das Rentier, und das war ein großes Unglück. Denn seiner Spur folgten viele der Stämme, die bisher das Land bewohnt hatten. Dann kamen lange Perioden, in denen sich die Seetiere von der Küste fern hielten, das führte zu schlechtem Fang und zu Hungersnöten. Es waren wohl die schweren Zeiten, die die Natur der Menschen veränderten. Man teilte sich in kleinere Stämme auf, war sesshafter als früher und begann Blutfehden, die sich über mehrere Generationen hinzogen. Vor langer Zeit, schon in ihrer Kindheit, hatten die Veränderungen angefangen. Sie kamen langsam, schleichend wie die Lungenpest, so langsam, dass sich die meisten Menschen an sie gewöhnten und sie ohne weitere Erklärung hinnahmen.

Wenn Ninioq morgens auf der Pritsche lag und den Schlafgeräuschen ihrer Verwandten lauschte, erfüllte sie die Unruhe mit einer freudlosen Müdigkeit. Das Leben hatte für sie keinen rechten Wert mehr, sie fühlte sich einsam und fremd. Die Müdigkeit durchströmte sie wie eine lange, träge Dünung und hinterließ einen Missmut, den sie früher nie gekannt hatte. Dieser Missmut war geprägt von all dem, was sie in ihrem langen Leben gefürchtet hatte, und von etwas Neuem und noch Unbekanntem.

Ninioqs Leben neigte sich dem Ende zu, und sie wusste es. Aber sie würde in ihren Kindern und Enkelkindern weiterleben. Sie anzuschauen war, wie sein eigenes Gesicht in einem sommerstillen Fjord gespiegelt zu sehen. Ein überraschendes Bild, das sie stets mit Verwunderung erfüllte, aber auch ein Bild, das ihre Unruhe schürte, weil ein Windhauch, ein Steinwurf oder eine Handbewegung es auslöschen konnte.

Ninioq hatte sich nie ein anderes Leben gewünscht. Sie hoffte inständig, dass alles wieder so werden würde, wie es früher war: dass die Rentiere zurückkehrten, dass die Menschen aufhörten, sich zu befehden, und dass Sila, der in allem wohnte, ihnen wieder freundlicher gesinnt wäre. Sie ersehnte zutiefst die vielen Verwandten zurück, die verschwunden waren; das Land sollte wie früher bewohnt sein, sodass man wieder lange, festliche Besuchsreisen unternehmen könnte.

Aber alles blieb so. Die Rentiere waren für immer verschwunden, die Seetiere kamen und zogen fort, und die Menschen töteten sich weiterhin gegenseitig.

Dieser Frühling und der Beginn des Sommers waren eine frohe Zeit gewesen, mit gutem Fang und viel

Unterhaltung. Es war ein Sommer, wie ihn Ninioq aus ihrer Jugend in Erinnerung hatte.

Das Eis lag lange an den Küsten, länger als in vielen anderen Jahren, und die Fänger konnten täglich mit den Kajaks hinausfahren und Robben zwischen den treibenden Eisschollen fangen.

Man wohnte weiterhin in der Wintersiedlung, weil der Fang gut war, und erst, als unerwartet Kokouk mit seiner Familie zu Besuch kam, fing man an, über ein Weiterziehen zu reden.

Ninioq hatte mit den anderen zum Willkommensgruß am Strand gestanden. Sie hatte sich beim Anblick der Kajaks gefreut, die wie die Rücken von Narwalen über den blitzenden Fjord schossen. Und sie hatte undeutliche Stimmen vom Frauenboot gehört, das sich schwer beladen zur Küste mühte. Mit einem Anflug von Schadenfreude hatte sie festgestellt, dass es schwer zu rudern war, denn die Fellhaut war schlaff und nachlässig vernäht.

Als die Boote so nahe waren, dass sie jeden darauf erkennen konnte, hörte sie die erwartungsvollen Rufe der Frauen, und sie hörte das Lachen der älteren Frauen, wenn die jungen Mädchen vor Anstrengung, schnell an Land zu kommen, furzten. Ja, es würde ein herrlicher Sommer werden. Sie hatten Gäste, und sie hatten reichlich Fleisch anzubieten.

Kokouk wird alt, stellte Ninioq fest. Er brauchte Hilfe, um aus dem Kajak zu kommen, weil eines seiner Beine ohne Kraft war. Im vorigen Winter war er von bösartigen Geistern besessen gewesen. So schlimm, erzählte seine älteste Frau, dass er lange Zeit außerstande gewesen war, die linke Körperhälfte zu bewegen. Allmählich war das Böse jedoch gebannt worden und hatte sich in diesem einen Bein gesammelt.

Der Stamm war klein; er bestand zum größten Teil aus Älteren und ganz Jungen. Vor vielen Jahren noch war er groß und lebenstüchtig gewesen, aber das war, bevor sich viele auf den Weg machten und den Rentieren hinterherwanderten, lange vor den Jahren des großen Hungers. Drei der Söhne Kokouks waren unter denen gewesen, die fortzogen. Nur der zweitjüngste Sohn war bei seinem Vater geblieben.

Man nannte ihn Pfeil, weil er mehr lief als ging und dabei tief unten in der Kehle brummte. Pfeil war ein kräftiger und gut aussehender Mann, der zweimal bei dem mächtigen helfenden Geist Tornarssuk gewesen war. So hatte er trotz seiner Jugend bereits die Fähigkeit erwerben können, bestimmte Krankheiten zu heilen. Als seinem Onkel im Kajak schwindelig wurde, vermochte er den Schwindel zu bannen, und er hatte die zweite Frau seines Vaters zurückgeholt, als ihre Seele eines Winters geraubt worden war. Ebenso war es sein Verdienst, dass Kokouk aus eigener Kraft wieder gehen konnte. Immer wieder hatte er den gelähmten Körper beschworen, bis es ihm schließlich glückte, das Böse hinunter ins Knie zu drängen.

Es war Pfeils Wunsch, zu reisen und andere Menschen zu treffen. Er begehrte schon lange ein Mädchen von anderem Blut und war deshalb sehr zufrieden, als sie auf Katingaks Stamm stießen.

Es dauerte darum auch nur wenige Tage, bis er sich entschloss, Isserfik zur Frau zu nehmen. Das wurde natürlich für alle zu einem festlichen Erlebnis. Es war schon außerordentlich lange her, dass ein fremder Mann ein Mädchen aus dem Stamm geholt hatte, und alle begrüßten dieses Ereignis mit Freuden. Zweimal besuchte er Isserfiks Familie im Gemeinschaftshaus. Nicht so sehr, um sich das Mädchen anzusehen, sondern eher, um ihre Brüder einzuschätzen.

In der Nacht, als er sie aus dem Hause zerrte, war die ganze Siedlung wach. Kokouk, der keinem eine solch interessante Sache vorenthalten wollte, hatte seine älteste Frau die Botschaft schon am Abend verbreiten lassen.

Isserfik schrie laut und gellend. Sie trat um sich, kratzte und biss ihren Entführer und führte sich überhaupt so auf, wie man es von einem jungen und gut erzogenen Mädchen in einem solchen Falle erwartete. Ihre beiden Brüder versuchten, wie es

Brauch und Sitte war, ihr zu Hilfe zu kommen, aber sie stellten sich ungeschickt an und handelten sich nur zerbeulte Gesichter und blutige Nasen ein.

Pfeil schleppte Isserfik hinunter zum Strand, wo sein Kajak lag. Er setzte sie aufs hintere Deck, nahm seinen Platz ein und band sich mit einem breiten Riemen an ihr fest. Und dann paddelten sie Rücken an Rücken hinaus in die helle Nacht. Nach einigen Tagen kehrten sie von der kleinen Insel, auf der sie sich aufgehalten hatten, zurück zur Siedlung. Isserfik humpelte stolz herum und zeigte ihre Fußballen, die Pfeil mit seinem Messer gründlich eingeritzt hatte, um ihr jede Lust zur Flucht zu nehmen. Sie brachte ihre Habseligkeiten aus dem Gemeinschaftshaus in Kokouks großes Zelt und war somit Pfeils Frau.

Besuch war etwas Unterhaltendes, fand Ninioq. Obwohl Kokouks Stamm klein war, gab es doch mit vielen etwas auszutauschen und viel Neues zu hören. Kokouk selbst war ein großer Erzähler, und er berichtete ausführlich von der langen Reise, die sie aus dem Land südlich von Tunnudliorfik unternommen hatten, und von den riesigen Bergen hinter dem Rentierland, dem Land, das er die Außenkante der Welt nannte.

Ninioq hatte diese Berge nie gesehen. Aber ihr Mann Attungak war, bevor ihn das Eis nahm, viel gereist und auf einer seiner Reisen mit dem Schlitten in den Schatten dieser Berge gefahren. Die Berge waren so hoch, hatte er erzählt, dass man sich auf dem Eis auf den Rücken legen musste, um ihre Spitzen zu sehen. Sie waren so mächtig und steil, hatte er gesagt, dass kein Mensch ihre Größe ermessen konnte, und man fühlte sich unsäglich klein, fast wie ein Nichts, wenn man vor ihnen stand.

Und schön waren sie gewesen. So schön, dass er, als er sie zum ersten Mal sah, von der Lust zu weinen überwältigt wurde. Das war ein wenig verrückt, aber er konnte es nicht unterdrücken. Es war dieselbe seltsame Lust zu weinen gewesen, die ihn ergriffen hatte, als er in das Gesicht seines Erstgeborenen schaute. Eine ganz unerklärliche Schönheit, hatte er Ninioq gesagt, die in einem Menschen etwas bewegt, das man nicht beschreiben kann. Ninioq hatte ihn ausgelacht, denn sie konnte sich nicht vorstellen, dass sich die Schönheit dieser Berge mit dem Anblick eines Erstgeborenen messen konnte.

Attungak hatte oft von den Bergen gesprochen, genau wie jetzt auch Kokouk. Kokouk sagte, sie ruhten so schwer auf der Erde, dass das Land unter ihrem Gewicht weggedrückt werde. Er sagte das, weil er selbst überzeugt war, dass es so war. Das war nicht etwas, das er gehört hatte, nicht etwas, das von einer Generation zur anderen weitererzählt wurde. Nein, er hatte diese Berge selbst gesehen, hatte gesehen, wie das Land unter ihnen hervorquoll wie der Inhalt eines Darms, den man zwischen den Fingern ausdrückt.

Ninioq hatte immer eine mit Furcht vermischte Neugierde verspürt, diese Berge zu sehen. Aber sie wusste, dass sie nie mehr so weit in den Süden kommen würde, und in ihrem Inneren war sie damit auch zufrieden. Die Berge waren wohl zu überwältigend, waren von einer Kraft, auf die sie sich nicht verstand. Vielleicht waren sie so gewaltig, dass sie das Himmelsgewölbe selbst trugen, ein Gedanke, der sie fast schwindeln ließ.

Als die Mücken zu lästig wurden, entschloss man sich, eine Sommersiedlung zu suchen, die Platz für alle bot. Man war plötzlich zahlreich und musste deshalb einen großen Wintervorrat sammeln.

Vier Kajaks verließen die Siedlung. Sie fuhren dicht an der Küste entlang nach Norden, um eine Stelle zu suchen, wo man die Zelte aufbauen konnte und wo es reichlich Wild gab. Ninioqs Sohn Katingak und Pfeil waren unter den Männern in den Kajaks. Die übrigen Fänger blieben zurück, um weiterhin auf dem Eis an der Küste zu jagen, und es war ein schönes und glückliches Jahr, denn sie kehrten täglich mit vielen Robben zurück. Die Frauen waren deshalb sehr beschäftigt. Sie speckten die

Robben am Strand ab und schnitten das Fleisch in lange Seiten, die sie zum Trocknen auf die Gestelle bei den Häusern und am Strand legten.

Ninioq und mehrere andere der älteren Frauen nahmen sich der Felle an. Sie schabten sie sorgfältig sauber, wuschen sie und spannten sie auf Rahmen aus Treibholz. Waren die Felle vollständig trocken, wurden sie erneut gewaschen, getrocknet und dann über einem flachen Stock mit einer Knochenkante weich geklopft. Schließlich wurden sie sorgfältig durchgekaut, um sie so weich wie nur möglich zu machen. Ninioqs Felle wurden immer sehr gut und hatten keine Löcher. Ihre Backenzähne waren bis aufs Zahnfleisch abgewetzt und konnten deshalb die Felle nicht beschädigen. Nur manchmal, wenn besonders viele Robben gefangen wurden, half sie beim Abspecken. Sie war geschickt mit ihrem Ulo, dem scharfen, sichelförmigen Messer, und konnte immer noch schneller eine Robbe abspecken als jede der jungen Frauen.

Obgleich die Tage voller Unternehmungen waren und sie abends sehr müde war, wenn sie sich hinlegte, fiel es ihr doch schwer einzuschlafen. Die Gedanken kreisten in ihrem Kopf und ließen sie erst in der Nacht los.

Ninioq! Manchmal klang das Wort in ihr. Ninioq! Die alte Frau, die Älteste des Hauses, wurde sie nun genannt.

Wenn sie so zwischen den Schlaffellen lag, die sie von Katingak bekommen hatte, formten ihre Lippen manchmal lautlos das Wort Ninioq. Mitunter kam dann ein wunderbares Gefühl der Geborgenheit über sie, mitunter auch ein Anflug von Furcht. Ninioq!

Als junges Mädchen wurde sie Saqaq, die Sonnenseite, genannt. Damals dachte sie noch nicht ans Älterwerden. Andere trugen den Namen Ninioq, Menschen, die nun schon lange verschwunden waren. Damals hatte die Süße der Jugend ihre runden Wangen erfüllt, und sie hatte ein frohes und sorgenfreies Leben mit ihrem Mann Attungak geführt. Die Jugend hatte ihre ranke Rückenlinie und die Geschmeidigkeit ihrer schlanken Glieder bestimmt, so wie das Alter jetzt ihren Körper beugte und die Beine steif machte.

Erst als ihr Bauch sich mit Attungaks Kind wölbte, bekam sie ein Gefühl für das Wort Ninioq. Dieses sonderbare Wort, das wie etwas Frohes erschien, wie eine Wärme, ein Schutz um das noch Ungeborene. Damals konnte sie lächeln, wenn sie ihre gespannten Brüste befühlte, lächeln, weil sie auf der Schwelle zur Reife stand. Und sie konnte das Wort Ninioq belächeln, weil es ihr ebenso fern war wie die Vorstellung, dass ihre runden Brüste ein Paar schlaffe Hautfalten wären.

Jetzt, als Ninioq, kehrte sie in Gedanken immer wieder zurück zu Saqaq. Das war ganz natürlich und machte Freude. Sie erinnerte sich nicht, irgendwann den Wunsch gehabt zu haben, anders zu sein, weder als junger noch als alter Mensch. Sie hatte sich das Leben zu keiner Zeit anders erträumt, sondern stets ein stilles Glück empfunden, zu leben und gelebt zu haben. Und in vieler Hinsicht kam ihr das Leben im Alter ebenso heiter vor wie damals, als sie jung war. Bisweilen vergnüglicher, weil sie jetzt nicht mehr nach all dem strebte, was für einen Menschen unmöglich zu erreichen war.

Solche Gedanken bewegten Ninioq, wenn sie auf der Schlafpritsche lag und auf den Schlaf wartete.

Sie dachte oft an die Liebe, die einen großen Teil ihres Lebens erfüllt hatte. Die Liebe war in ihrem Herzen gewesen, noch bevor Attungak sie genommen hatte, und sie wuchs noch, als sie ihr erstes Kind gebar. Aber damals hatte sie noch nicht das innere Wesen der Liebe gekannt, weil sie zu jung war und andere Dinge sie zu sehr in Anspruch nahmen. Erst als sie nach vielen Jahren der Unfruchtbarkeit das fünfte und letzte Kind, Katingak, zur Welt brachte, fühlte sie die hinreißende Schönheit der Liebe. Und da liebte sie ihren Versorger mit einer Innigkeit, die sie nie für möglich gehalten hatte, und sie liebte ihre Kinder, die älteren und das neugeborene, mit einer Heftigkeit, die ihr fast den Atem nahm. Sie war ihnen über alle Maßen zugetan und ließ alle, die es wünschten, an ihrem Reichtum teilhaben.

Ja, sie war wirklich eine glückliche alte Frau. Sie hatte Kinder bekommen und ein langes Leben ganz ohne Krankheit gelebt. Die ein oder andere Beschwerde hatte sie natürlich gehabt, aber sie war nie richtig krank gewesen. Nur ein einziges Mal hatte sie gespürt, dass die Seele den Körper verlassen wollte. Das war, als sie ihr zweites Kind gebar. Ein kleiner Schwächling war es gewesen, der überhaupt nichts vom Überfluss ihrer Brüste haben wollte. Weil das Kind die Brüste nicht leeren konnte, wurde ihr Körper brennend heiß und entsetzlich schwach, und sie musste auf der Schlafpritsche liegen, außerstande zu arbeiten.

Attungak ließ deshalb Komak, den Vetter seines Schwagers, holen. Dieser war ein alter, zahnloser Mann, der von den Gnadengaben seiner Familie lebte. Er war ein großes, unverbesserliches Schleckermaul, und er leerte begierig nach jedem Säugen ihre Brüste. Als er sie einige Tage auf diese Weise erleichtert hatte, verschwanden Hitze und auch Müdigkeit, und weil sie dem alten Mann dankbar war, ließ sie ihn weiterhin Milch saugen. Er blieb die beiden Jahre, die das Kind lebte, und bis sie merkte, dass sie nichts mehr zu geben hatte.

Immer noch konnte sie das kalte, knochige Gesicht des Greises auf ihrer Haut spüren. Immer noch sah sie die Freude, die in seinen Augen stand, wenn er, satt und wohlig, seinen Anteil bekommen hatte. Lange mussten ihm seine Schwiegertöchter das Fleisch vorkauen, bevor er es in den Mund nahm, und er war für den Stamm zu nichts mehr in der Welt nütze. Jeder andere Greis hätte sich längst draußen aufs Eis gesetzt, so wie es Brauch war. Aber Komak war außerordentlich neugierig und konnte einfach nicht genug vom Leben bekommen. Und weil er so neugierig war, unendlich viele Dinge wusste und die Erinnerung an vieles in seinem Kopf bewahrt hatte, war er in der Siedlung beliebt. Er war ein großer Erzähler, der sie im Winter viele Tage hintereinander unterhalten konnte, wenn Sturm und Unwetter die Menschen in den Häusern hielten. Er war einer der Letzten, der große Rentierherden gesehen hatte. Und er berichtete von diesen Herden, denen er in seiner Jugend gefolgt war, so mächtige Herden, dass die Tiere mehrere Tage brauchten, um über den Pass bei Pamiut zu wandern. Er erzählte von Jagden, auf denen so viele Rentiere erlegt wurden, dass die toten Körper wie ein Berg aus dampfendem Fleisch lagen, als man sie zusammengeholt hatte. Ja, solche Zeiten hatte dieser alte Mann erlebt. Es waren die Zeiten, die sich Ninioq so heiß zurückwünschte, wenn sie am Morgen schlaflos und unruhig lag.

Wie oft das Licht das Dunkel in ihrem Leben abgelöst hatte, wusste Ninioq nicht. Es war zu oft geschehen, als dass ein Mensch sich daran erinnern konnte. Natürlich gab es gewisse Anhaltspunkte, nach denen sie in etwa die Zeit einteilen konnte: der Tod ihrer Eltern, ihre Heirat mit Attungak, die Geburt der Kinder, die Jahre der Wanderung, die Hungerjahre und der Tod der Kinder und Enkel.

Ihr Erstgeborenes war ein Mädchen. Ein ganz ungewöhnliches Kind, es wurde mit zwei Zähnen geboren. Es verheiratete sich früh mit einem Fänger aus Illussat, einem Mann, der später von bösen Mächten ergriffen wurde und viele Menschen tötete, bis er selbst von seinen Stammesverwandten umgebracht wurde. Diese Tochter war bei dem Stamm ihres Mannes geblieben. Aber weil man von ihr viele Jahre nichts gehört hatte, glaubten viele, dass sie das Land verlassen hatte oder umgekommen war.

Das Nächstgeborene war ein Junge. Ein kleiner Kerl, der nie so richtig gedieh. Seine Seele verließ ihn nach zwei Jahren, das war vielleicht ganz gut, weil ein solcher Schwächling bei einem Tod im Erwachsenenalter nie in die Unterwelt gekommen wäre.

Die beiden nächsten waren Mädchen. Sie gediehen und wurden tüchtig und begehrenswert. Weil sie sich sehr mochten und nur ungern getrennt werden wollten, verheirateten sie sich mit zwei Brüdern aus Kutdleq, die genauso fühlten. Keiner von ihnen wurde alt: Sie starben in einem Hungerjahr auf der

Reise in den Süden. Man fand die vier in einem Schneehaus, in dem sie verhungert waren. Sie hatten alles gegessen. Zuerst die Hunde, dann die Riemen und Hundegeschirre, Zurrringe und Peitschen. Schließlich hatten sie von einem der Mädchen gegessen, aber die Scham war wohl zu groß, und sie hatten schließlich den Tod vorgezogen.

Ninioq erfuhr von ihrem Schicksal von den Leuten, die sie gefunden hatten. Sie weinte lange, weil der Tod allem Anschein nach schwer gewesen war und die Umgekommenen noch im glücklichsten Alter gewesen waren.

Das Letztgeborene war ein Junge. Er wurde von seinem Vater sehr verhätschelt, wuchs dennoch heran und wurde ein richtiger Inuit. Er war jetzt der größte Versorger des Stammes, er hatte zwei Frauen, Ivnale und Kisag. Zuerst nahm er Ivnale, ein Mädchen, das er schon als Junge mochte. Mit ihr hatte er drei Kinder. Dann nahm er die Frau seines Freundes Kajut zu sich, als Kajut auf dem Meer umkam. Mit ihr kam ihr zweijähriges Mädchen, und er zeugte danach noch ein Kind mit jeder Frau.

Ninioq liebte ihren Sohn, und er war ihr sehr zugetan. Wenn sie hin und wieder im Scherz äußerte, dass es bald an der Zeit wäre, sich aufs Eis zu setzen, um ein wenig Würde zu zeigen, lachte er und entgegnete, das sollte sie nur tun, wenn sie Schande über sein Haus bringen wollte. Die anderen Bewohner könnten leicht glauben, dass ihn das Glück verlassen hätte und er nun ein so minderwertiger Fänger geworden wäre, dass er seine Mutter nicht mehr versorgen könnte, die ihn selbst doch so viele Jahre versorgt hatte.

Ninioq empfand das Leben nicht als gleichförmige Abfolge von Tagen. Sie hatte selten Eintönigkeit wahrgenommen und sich, solange sie zurückdenken konnte, nie gelangweilt. Die Tage waren wechselvoll, und obgleich die Arbeit häufig dieselbe war, verlief jeder Tag dennoch anders.

So gingen ihr die Gedanken durch den Kopf, bis der Schlaf sie übermannte. Sie konnte sich nie an ihre Träume erinnern, und sie war nie unruhig, wenn sie schlief. Die Unruhe gehörte den frühen Morgenstunden. Dieses Gefühl war allmählich gekommen, unmerklich wie manche Veränderungen im Leben, ohne dass sie sich erklären konnte, warum.

2

Der Aufbruch verlief freudig und ganz ohne Wehmut. Obwohl die Wintersiedlung sie lange gut und freigebig versorgt hatte, war der allgemeine Wunsch aufgekommen, die Küste zu bereisen und neue Orte aufzusuchen. Niemand erinnerte sich mehr so richtig an die schweren Jahre, in denen die leeren Mägen geschmerzt hatten und der Hunger sie abstumpfte und entkräftete. Niemand erinnerte sich an die beißende Kälte, die in den Häusern herrschte, wenn der letzte Lampenspeck verbraucht war, und niemand konnte sich mehr an die langen, dunklen Tage erinnern, an denen man mit den wimmernden Kindern unter den Schlaffellen lag und auf das Jagdglück der wenigen Fänger wartete, die noch die Kraft besaßen, auf Fang zu gehen. Zwei Winter lang hatten sie in der Siedlung bei Inugsuk im Überfluss gelebt, und jetzt waren sie des Wohlbekannten müde.

Die vier Männer in ihren Kajaks waren zurückgekehrt und hatten von einem tiefen Fjord erzählt, dessen Mündung gegenüber der langen Insel lag, die Kerkertak genannt wurde. Sie hatten eine Herde Narwale aus dem Fjord kommen sehen, und an Kerkertaks Südspitze harpunierten sie zwei Walrosse, von denen sie eines erlegen und im Depot einlagern konnten. Auf dem Festland hatten sie frische Losung von Moschusochsen gesehen, und die Seitentäler waren voller Blumen und Beeren. Ja, es sah wirklich so aus, als ob die ausgewählte Sommersiedlung eine ebenso glückliche Wahl sein würde wie die Wintersiedlung.

Sie beluden die vier Frauenboote, nahmen die Dächer von den Häusern, um sie auszulüften, und brachen auf.

Ninioq saß am letzten Ruder in Katingaks Boot. Sie schaute auf die schwindende Talsenke, wo sie zwei Winter zugebracht hatte; einer der vielen Orte in ihrem ständigen Reiseleben, den sie lieben gelernt hatte. Sie betrachtete den Berg, der sich den hoch liegenden Talwegen des Inlandeises zuneigte, und sie konnte erkennen, dass es ein reiches Beerenjahr werden würde. Die Sonne hatte zeitig Kraft gehabt, und die Zweige waren schon sehr weit gediehen. In diesem Jahr würden die Beeren groß und saftig sein.

Nachdem die Ruder in den Gurten befestigt waren, half sie ihrem Enkel Manik über die Ruderbank und ließ ihn an der Seite sitzen. Der Junge saß ganz still und umklammerte seinen kleinen Vogelspeer. Er war mit seinen sieben Jahren noch so jung, dass ihm das Reiseleben nahezu unbekannt und deshalb alles ungemein spannend war.

Das Boot war randvoll beladen mit Zelten, Kochgeräten, Fellen, Werkzeug, Kleidung und was eine Familie sonst noch besaß. Außerdem lagen Katingaks und des alten Akutaks Hunde noch auf der Ladung. Man hatte ihnen die Läufe vorsorglich zusammengebunden, um auf See größere Raufereien zu verhindern.

Ninioq hob das Ruder aus dem Wasser und ließ ihren Blick auf Manik ruhen. Er war wohl der Mensch, den sie am meisten liebte. Obgleich er gar nicht seinem Vater und Großvater ähnlich war, fand sie doch so viel von beiden ihn ihm. Und sie war zeitweilig fast betreten darüber, wie stark sie sich selbst in ihm wiedererkannte.

Sie schob einen kleinen Fellbeutel, der unter der Ruderbank gelegen hatte, mit dem Fuß nach vorn und zwinkerte dem Jungen zu. Manik zwinkerte zurück und bückte sich nach dem Beutel, der mit kleinen Stückchen Narwalhaut gefüllt war – dem Köstlichsten, was ein Inuit kannte.

Vor Ninioq und Manik saß Kongujuk. Sie war nicht mehr gut zuwege. Kongujuk war ganz plötzlich alt geworden, und die Schmerzen taten das ihre mit jedem Tag, der verging. Seltsam, fand Ninioq, denn Kongujuk war die lebhafteste und vergnügteste Frau gewesen, die sie kannte. Ihr Leben war ungefähr genauso lang gewesen wie Ninioqs, aber es war wechselhafter verlaufen. Als junges Mädchen war sie von einem etwas älteren Junggesellen bei Agpa aus dem Zelt ihrer Eltern geraubt worden. Der Mann hatte sie schon lange begehrt, war aber von seiner Mutter, mit der er zusammenwohnte, zurückgehalten worden. Eines Tages aber wurde seine Lust übermächtig. Er befahl seiner Mutter, das Frauenboot mit vielen Rudern auszurüsten, von denen zwei in die Gurte sollten, und dann raubte er Kongujuk aus dem Familienzelt, an einem Tag, als alle Männer auf Fang waren. Er ließ seine Mutter und das entführte Mädchen das Frauenboot nach Norden rudern, und in den Siedlungen, an denen sie vorbeikamen, raubte er weitere Mädchen, bis alle Ruder des Frauenbootes besetzt waren.

Fünf Jahre lang lebte er hoch im Norden, dorthin kamen nur selten Menschen. Er war ein großer Fänger, und er erwarb sich dort oben die Gunst so kräftiger helfender Geister, dass er unverwundbar gegen den Zorn der Menschen wurde. Erst als ihn die Ruderinnen fast bis aufs Blut bedrängt hatten, aus Angst, zu alt zu werden, um einen Mann zu finden, ließ er sich überreden und kehrte zurück in bewohnte Gegenden. Er lieferte die ausgeliehenen

Mädchen dort ab, wo er sie geholt hatte, und weil man in den Siedlungen von seiner Unverwundbarkeit hörte und seine Reichtümer bemerkte, verzichtete man darauf, Rache für die Entführungen zu nehmen.

In Agpa, wo Ninioq und Attungak damals wohnten, ließ er sich nieder. Er musste bei seiner Rückkehr einen der Brüder Kongujuks töten, doch danach konnte er in Frieden leben.

Wechselhaft war Kongujuks Leben gewesen, und sie hatte viel Leid getragen, denn sie konnte nie ein lebendes Kind gebären. Die beiden hatten einen fremden Jungen angenommen, der gut geraten war, aber nie die tiefe Liebe erfuhr, die Kindern zuteil werden sollte.

Jetzt wurde Kongujuk von Schmerzen verzehrt. Ihre Hände waren verkrümmt wie die Klauen eines Falken und nahezu kraftlos. Am schlimmsten ging es ihren Hüften; die Knochen waren verschlissen, und nun peinigten sie ständig Schmerzen, auch wenn sie ruhig auf der Schlafpritsche lag und sich ausruhte.

Aber Kongujuk wollte nicht sterben, das wusste Ninioq. Sie hielt die fürchterlichsten Schmerzen aus, um zu verhindern, auf dem Hundefell draußen im Eis sitzen zu müssen, was sie als große Schande für sich und ihre Familie empfunden hätte. Sie wurde von ihrem Adoptivsohn versorgt, der ein freundlicher, sanftmütiger Mann war. Er war ein tüchtiger Fänger, der ohne weiteres für sie aufkommen konnte, und er hatte zu keiner Zeit auch nur andeutungsweise zu erkennen gegeben, dass sie ihm eine Last war.

Ninioq ruderte und blickte auf Kongujuks gebeugten Rücken. Jede Bewegung mit dem Ruder musste wie Messer in ihren Körper schneiden. Kongujuk hatte Mühe, im Takt zu bleiben, ihre Ruderschläge waren zu schnell und kurz, und das Wasser spritzte jedes Mal vom Ruderblatt, wenn sie es eintauchte. Sie war nicht mehr von großem Nutzen, Kongujuk. Wenn man nur noch zur Last fiel, war es nicht angenehm, alt zu werden.

Ninioq stemmte die Füße gegen die Spanten und zog das Ruder durch, dabei hob sie ihr Hinterteil ein wenig von der Ruderbank. Sie besaß noch Kräfte, obwohl diese natürlich mit den Jahren weniger geworden waren. Aber noch konnte sie die Arbeiten, die ihr oblagen, bewältigen, und sie verspürte großes Mitleid mit Kongujuk, die keine Aufgabe mehr hatte.

Als Manik die Hälfte der Narwalhaut verspeist hatte, steckte er den Beutel zurück unter die Ruderbank und kroch nach hinten, wo Akutak, der älteste Fänger der Stammes, am Ruder saß. Akutak ließ den Jungen die Hände so um das Ruder legen, dass er ein Gefühl dafür bekam, wie das Boot sich verhielt. Sobald sie hinaus auf das erste offene Wasser in Küstennähe gekommen waren, überließ er Manik das Steuern, wobei er jedoch ab und zu unmerklich den Kurs korrigierte.

Akutak war einäugig und drehte immer das Gesicht ein wenig zu einer Seite, wenn er nach vorne sah, genau wie ein Vogel. Er war vor vielen Jahren allein über Nugssuaq gewandert gekommen und hatte dort Attungak, Ninioqs Mann, getroffen. Zu dieser Zeit war Akutak ein Mensch voller Kraft gewesen, auch wenn er damals schon einäugig gewesen war. Er stammte aus dem Norden und war drei Jahre ohne Gesellschaft gereist. Lange Zeit war er ohne Frau gewesen, ein Mangel, den er zu verbergen suchte, der aber leicht an seiner Bekleidung und auch am Ausdruck seines gesunden Auges abzulesen war.

Eine Zeit lang hatte er Kongujuk beigelegen, deren Mann in der Hoffnung einwilligte, dass sie schwanger würde. Alle in Agpa mochten den Fremden, und die meisten fanden es natürlich, als er nach einem halben Winter zwei Schwestern raubte und sie zu seinen Frauen machte. Nur zwei jungen Kerlen bereiteten diese Ehen Missvergnügen, weil Frauenmangel herrschte; man hatte vor Jahren während einer Hungersnot die meisten neugeborenen Mädchen auf dem Eis ausgesetzt. So schlimm es auch für Akutak, einen im Grunde friedlichen

Mann, war – er musste die beiden jungen Hitzköpfe töten, erst dann waren seine Ehen voll akzeptiert.

Es war merkwürdig bei Akutak, dass er ebenso wie Kongujuk und ihr Mann nicht die Fähigkeit besaß, Kinder zu zeugen. Nicht weil er anders als andere Männer funktionierte, und schon gar nicht, weil sein Liebesspiel weniger wirkungsvoll war oder das wichtigste Körperteil unvollkommen. Dennoch hatte er nie im Schoß seiner Frau ein Kind gezeugt. Die Kinder, die er hatte, waren die anderer Männer, naher Freunde im Stamm, die er gebeten hatte, ihm diesen Dienst zu erweisen.

Eines der Kinder war von Attungak, das wusste Ninioq. Denn Akutak und ihr Mann waren wie Brüder. Sie teilten alles, gingen zusammen auf Fang, wohnten im selben Haus, nur mit einer niedrigen Trennwand zwischen ihren Familien. Sie fuhren zusammen im Frühjahr auf Bärenjagd, wie es bei den Männern früher üblich war, und sie hielten zusammen, wenn die Geißel der Blutrache die Siedlung bedrohte. Ihre Frauen wurden von ihnen beiden beschlafen, weil sie eben wie Brüder waren. Die Frauen fanden das abwechslungsreich und amüsant und meinten, dass es die Familien noch mehr verband.

Akutak konnte auch noch, nachdem er Witwer geworden war, ein kleines Vergnügen daran finden, bei Ninioq zu liegen. Es verstrich allerdings viel

Zeit zwischen den Besuchen auf der Schlafpritsche, denn eine alte Frau ist nicht mehr so begehrenswert und ein alter Mann fast ohne Bedürfnisse.

Akutak liebte Kinder. Und die Kinder, die seine Frauen mit anderen bekommen hatten, waren selbstverständlich seine Kinder, die er ohne Einschränkung als die seinen annahm. Doch nur eines durfte er behalten: Drei verhungerten, zwei kamen im Kajak um, und nur ein Mädchen, das nie heiratete, blieb übrig und besorgte seinen Haushalt.

Ein ungewöhnlicher Mensch war Akutak schon immer gewesen. Er war der größte Geisterbeschwörer, den sie kannte, und er bewältigte alles, was andere Menschen nicht schafften, sah, was andere nicht sehen konnten, und hörte alles, was unhörbar für die Ohren gewöhnlicher Menschen war. Diese Gabe hatte er sich vielleicht um den Preis eingehandelt, im Schoße einer Frau keine Kinder zeugen zu können.

Akutak war alt, aber immer noch einer der Besten. Dass er auf dieser Reise das Boot steuerte, was sonst Ninioqs Aufgabe war, lag daran, dass er sich auf einem Geisterflug einen Arm gebrochen hatte. Anlass des Geisterfluges war gewesen, die Person zu finden, die das Übel in Kokouks Bein herbeigeführt hatte.

Es war ein mühsamer Flug gewesen, wusste Ninioq. Akutak war sorgfältig verschnürt worden, die Lampen gelöscht, und dann war er durch das Dach des Gemeinschaftshauses verschwunden. Sie selbst hatte ein Leuchten gesehen, wie von einem schwachen Feuer, dort, wo er hinausfuhr, und sie hatte ein Heulen wie von einem abziehenden Unwetter gehört. Er war in derselben Nacht zurückgekehrt. Das Übel, berichtete er, komme von einem verstorbenen Schwager Kokouks, der immer neidisch auf das Fangglück des alten Jägers gewesen war. Als sie dann Akutak von den ins Fleisch schneidenden Riemen befreiten, war ein Arm gebrochen. Er hing schlaff wie der Flügel einer verletzten Möwe herunter und war für das Paddeln im Kajak völlig unbrauchbar. Daher saß er jetzt am Steuerruder zwischen Frauen, Kindern und Hunden.

Sie reisten vier Nächte, bis sie in den Kerkertakfjord einliefen, wo sie den Sommer verbringen wollten.

Ninioq sah, dass das Land gut geeignet und von großer Schönheit war. Der Fjord weitete sich wie ein Trichter zum Meer hin, und weit drinnen konnte sie gegen die gewaltige blau schimmernde Eismauer die schwarzen Umrisse eines seltsam einzeln stehenden Berges erkennen.

Sie war schon zweimal in diesem Fjord gewesen. Zum ersten Mal als kleines Mädchen, als sie mit ihrem Vater gereist war. Das war schon so lange her, dass sie sich nur noch an einzelne Episoden erinnern konnte. So erinnerte sie sich daran, wie sie und andere Kinder Kajaks gebaut hatten: Sie hatten lange, bootsförmige Steinovale gelegt, und sie hoffte, obwohl es ein Menschenleben her war, diese Spielzeugkajaks wieder finden zu können.

Viele Jahre später war sie mit Attungak wieder in den Fjord gekommen. Sie hatte schon ein Kind an der Hand, und eins trug sie auf dem Rücken. Die Reise war sehr glücklich, weil sie einen tüchtigen Versorger hatte, dessen Jagdgeschick ihr vollauf zu tun gab, und zwei der drei Kinder, die sie geboren hatte, lebten. Ihr Bauch war wieder gewölbt, ein angenehmer Zustand. Sie konnte das Glück nicht erklären, es kam von innen und verlangte keine Begründung. Ein ruhiges Glück, das ihre Tage erfüllte und natürlich auf die Menschen abfärbte, die sie umgaben.

Dieser Sommer mit Attungak am Kerkertakfjord war in ihrer Erinnerung der schönste, den sie erlebt hatte. Sie war jung, es gab reichlich Nahrung, und sie hatten viel Zeit füreinander. Nachts lagen sie weit draußen an der Fjordmündung auf einem kleinen Landvorsprung und beobachteten die langsam treibenden Eismassen, die mit Poltern und Krachen von Norden her vorbeizogen. Sie redeten und lachten zusammen, er legte seinen Kopf auf ihren großen Bauch und lauschte dem Herzschlag seines Kindes. Aus dem Fjord waren Geräusche und Düfte aufgestiegen, an die sie sich genau erinnerte, und sie wusste, dass es sie dort noch immer gab. Das scharfe Knallen der Eismassen, die lang gezogenen Rufe der Eisente vom Strand her und die schweren Schläge der Dünung, die träge über die glatten Klippen rollte. Und es gab den Duft von Rosmarin und trockenem Heidekraut, ein scharfer und würziger Duft, der ihre dürstenden Lungen auf eine unerklärliche, belebende Weise füllte.

Ninioq wandte sich auf der Ruderbank um und schaute zu dem breiten Fluss. Hier zogen die Lachse hoch, sie sah sie vor sich, große Mengen schlanker, glänzender Fische, die sich so leicht fangen ließen. Ein guter Ort, dachte sie. Hier konnten sie leben und Vorräte für den kommenden Winter sammeln.

Nachdem die Fänger die Küste des Nordufers abgefahren hatten, beschloss man, die Siedlung in der Nähe des Flusses anzulegen. Der Fluss kam aus einem langen und schmalen See. Dieser war so flach und das Wasser so warm, dass man Felle in ihm waschen konnte, ohne dass die Finger gefühllos wurden.

Der Ort war ungewöhnlich schön. Das Land fiel zum Strand leicht ab, und ganz unten am Wasser wuchsen Heide und Blaubeerbüsche in einem zusammenhängenden, dunkelgrünen Teppich.

Sie zogen die vier schwer beladenen Boote auf den Strand und begannen, die Fracht ein Stück hinter die Gezeitenmarke zu tragen.

Dies war eine herrliche Arbeit, denn es war immer wieder schön, neues Land zu betreten und sich auf einen langen Aufenthalt vorzubereiten. Die Hunde wurden losgebunden und an Land gelassen, wo sie sofort eine lautstarke Rauferei anfingen, um die Rangordnung wieder zu finden, die ihnen an Bord offenbar abhanden gekommen war. Als die stärksten Hunde sich Respekt verschafft und die verschiedenen Gespanne sich gefunden hatten, begannen sie, an der Küste umherzustreifen, um die neue Gegend zu erkunden.

Ninioq, die das Feuer in einer tiefen Specksteinschale mitgebracht hatte, entfachte die Glut. Sie häufte reichlich trockene Moosdochte an den schrägen Seiten der Lampe auf und legte ausgeklopften Speck auf den Boden. Die Frauen aus den anderen Zelten holten sich bei ihr Feuer, und es dauerte nicht lange, da kochte es überall im Lager in den Töpfen.

In Katingaks Zelt wohnten außer Ninioq auch seine beiden Frauen und deren insgesamt sieben Kinder. Das Zelt war geräumig und konnte noch mehr Menschen beherbergen. Katingak schlief mit den Frauen und drei Kindern auf der Schlafpritsche an der Hinterwand, die anderen Kinder und Ninioq schliefen auf zwei Seitenpritschen.

Manik, der jüngste Knabe, schlief meistens bei Ninioq. Wenn er sich abends zu ihr gelegt hatte, zog er das Schlaffell über ihre Köpfe, um dann flüsternd die sonderbarsten Geschichten zu erzählen. Obwohl es fürchterlich warm unter dem Fell wurde und alle im Zelt sie auslachten, liebte Ninioq diese Augenblicke. Die Vertraulichkeit im Dunkeln zwischen der alten Frau und dem Jungen verflog jedoch in dem Augenblick, in dem sie das Fell lüfteten.

Manik erdichtete gewaltige Erzählungen über die Geschehnisse des Tages, und Ninioq merkte, dass er in einer ganz anderen Welt lebte. Oft lachte und kicherte er über seine eigenen Einfälle, und seine Gedanken flitzten unbeschwert durch das wunderliche Land der Fantasie, so schnell, dass Ninioq kaum folgen konnte. Er bewegte sich über Land und Wasser und in der Luft ebenso leicht wie ein Geisterbeschwörer, und seine Welt war voller unglaublicher Wesen, voller Geister und Doppelgänger, die er noch nicht fürchten gelernt hatte. In der Regel schlief er ganz plötzlich mitten in einer gewaltigen Geschichte ein, und dann zog Ninioq das Schlaffell von ihren Gesichtern und schob ihn behutsam zur Zeltwand.

Sie hatten lange gerudert und schwer gearbeitet, um die Zelte bewohnbar zu machen. Ninioq lag unter der Decke, Maniks Kopf ruhte auf ihrem Arm. Sie spürte die Müdigkeit wie ein wunderbares Summen in ihren Gliedern, und an diesem Abend schlief sie zusammen mit dem Jungen ein.

Sonst stand Ninioq immer mit den Ersten auf. Sie half Kisag, der jüngsten Frau ihres Sohnes, beim Kochen des Fleisches, nahm die Kleidung von der Stange über der Lampe, wo sie zum Trocknen gehangen hatte, und machte sie über dem Kamiutstock wieder weich. Morgens gab es immer viel zu tun. Der Versorger wollte aus dem Haus. Erst wenn er verschwunden war, nahmen sich die Frauen der Kinder an. Sie gaben den älteren Fleisch, stillten die jüngsten und spielten mit ihnen zwischen den Fellen auf den Pritschen, bis sie satt und müde wieder einschliefen.

Dann begann die eigentliche Tagesarbeit. Die Felle, die ausgespannt unter dem Dach hingen, mussten heruntergenommen und verarbeitet werden. Es mussten Speck für die Lampen ausgeklopft, Trinkwasser und Nähmaterial beschafft werden. Denn das Allerwichtigste war das Nähen. Mit unbeschädigter und gut genähter Bekleidung konnte es ein Fänger fast immer draußen aushalten – bei jedem Wetter und zu allen Jahreszeiten, wenn sein

Körper nur warm und trocken war. Hatte ein Jäger eine schlechte Näherin zur Frau, war seine Jagdausbeute oft dementsprechend. Er fror, wurde unter der Fellbekleidung feucht und konnte sich dann nicht länger im Freien aufhalten. Nähen war notwendig, und gut nähen war äußerst wichtig.

Ninioq war eine versierte Näherin. Obwohl ihre Sehkraft nachließ, machte sie doch immer noch feinere Stiche als irgendeine ihrer Schwiegertöchter. Sie nähte so dichte Seehundfellstiefel, dass Katingak einen ganzen Tag damit im Wasser gehen konnte, ohne im Geringsten nasse Füße zu bekommen. Und sie wusste, wie man ein Frauenboot überzog, dass die Felle so straff wie auf einer Trommel saßen und kein einziger Wassertropfen durchsickerte.

Doch an jenem Morgen, nachdem sie den neuen Ort in Besitz genommen hatten, erwachte Ninioq spät. Die Unruhe, die sie sonst morgens plagte, hatte sie diesmal verschont – vielleicht, weil sie eine Weile liegen blieb, nachdem die anderen aufgestanden waren. Zuerst lag sie mit geschlossenen Augen und horchte auf die Geräusche. Es waren Geräusche, die sie ihr ganzes Leben gehört hatte, ohne sie so richtig zu bemerken: erst Ivnales Sich-Dehnen und Gähnen, dann das vorsichtige Blasen in die Glut der Lampe, dann die kleinen, schnellen Schläge des Pickels auf dem Eisblock, den die Männer vor das Zelt geschleppt hatten. Das Sieden im Topf, der über dem Feuer hing – Ninioq öffnete erschrocken die Augen, um zu sehen, ob das Wasser die Lampe ausgelöscht hatte.

Sie blickte sich um. Es war so hell im Zelt, dass sie alle Einzelheiten erkennen konnte. Ivnale beugte sich über die Feuerstelle. Ihr Haar war gelöst, sie sah sehr jung aus, obgleich sie zehn Jahre älter als ihre Nebenfrau war. Kisag lag etwas länger als Ivnale, weil sie gerade ein Kind geboren hatte und es im Laufe der Nacht mehrmals stillen musste.

Ivnale war eine gute Frau, tüchtig und arbeitsam und außerordentlich stark trotz ihres zarten, fast mädchenhaften Aussehens. Ninioq war immer froh gewesen, dass Katingak sich Ivnale gewählt hatte, auch weil seine Ehe mit Ivnale, die Kongujuks Nichte war, die beiden Familien verband. Viele Jahre vor ihrer Heirat hatten Katingak und Ivnale bereits festgestellt, dass sie sich begehrten. Und Ninioq hatte gewusst: Es würde keine dieser Ehen werden, in der sich ein Mann eine Frau nahm, nur weil er sich Nachkommen und ein bestelltes Haus wünschte. Das Verhältnis zwischen den beiden war tiefer. Auch als Katingak Kisag als zweite Frau nahm, änderte sich zwischen ihm und Ivnale nichts. Kisag war ja auch nett und umgänglich, ein Mädchen, das sein Bestes tat, um es allen recht zu machen.

Nur einmal hatte Katingak darum kämpfen müssen, seine erste Frau zu behalten. Es war kurz nach der Geburt ihres ersten Kindes. Ivnale war zu dieser Zeit schöner als je zuvor und für die meisten Männer begehrenswert. Ein heißblütiger Witwer im Stamm, er wurde der »Strotzende« genannt, bekam eine unwiderstehliche Lust auf sie und raubte sie, als Katingak mit Akutak auf einer Fangreise war.

Ninioq erinnerte sich deutlich an den gewaltigen Sängerwettstreit, den der Strotzende und Katingak auf dem Vorplatz der Häuser ausgefochten hatten. Bei diesem Wettstreit waren harte Backenstreiche und viele höhnende Worte ausgetauscht worden. Katingak war ein großer Dichter und konnte seine Worte mit gewaltiger Stimmkraft vortragen. Sein Spottlied war dermaßen verhöhnend, aber auch so lustig, dass der Strotzende richtig ausgelacht wurde. Er schämte sich sehr und ging noch am selben Tag in die Berge, um nie mehr einem Menschen in die Augen sehen zu müssen.

Nach dem Spottlied, das Katingak auf den Strotzenden gesungen hatte, meldete niemand mehr Ansprüche auf Ivnale an. Katingak hatte gezeigt, dass er imstande war, allein mit Worten das seine zu verteidigen, und das, so meinte Ninioq, war eine größere Stärke als die des Körpers.

Ivnale hatte von Katingaks Zorn erzählt, als er

sie aus dem Haus des Strotzenden geholt hatte. Sein Gesicht war ganz weiß gewesen, und wenn ihn Akutak nicht daran gehindert hätte, dann hätte er seine Harpune mitten durch den Witwer gerammt. Sie erzählte auch, wie der Strotzende sie gezwungen hatte, bei ihm auf der Pritsche zu liegen. Sie hatte dem zu entgehen versucht, denn sie war nach der Geburt noch empfindlich, aber der Strotzende war vor Begierde ohne Rücksicht. Obgleich es ja ein Glück für eine Frau bedeutet, von tüchtigen Männern begehrt zu werden, war Ivnale in dieser Situation sehr unglücklich gewesen. Der Strotzende war unersättlich. Wiederholt bedrängte er sie und schlug sie sogar, um ihr seinen Willen aufzuzwingen. Sie hatte in diesen Tagen viel geweint und Katingaks Rückkehr mit aller Kraft herbeigesehnt.

In den Nächten mit dem Strotzenden war sie wieder schwanger geworden. Das Kind, ein Junge, inzwischen fast erwachsen, bekam den Namen seines Vaters und wurde von Katingak adoptiert. Es war ihm unmöglich, einem Menschen etwas nachzutragen, den er mit seinen Worten in die Berge geschickt hatte.

Katingak liebte diesen Jungen genauso sehr wie seine anderen Kinder. Zuweilen musste er lachen, wenn er sah, wie der Kleine heranwuchs und seinem Erzeuger ähnlich wurde. Der Strotzende war ein hervorragender Fänger gewesen, und es hatte den Anschein, dass der Junge dessen scharfen Blick und sichere Hand geerbt hatte.

Die Zeit verging, und Ivnale vergaß die unangenehmen Seiten dieses Erlebnisses, und Ninioq wusste, dass sie jetzt freundlich an den Strotzenden dachte, der ihr ja trotz allem einen kräftigen und anhänglichen Sohn geschenkt hatte. Hin und wieder verspürte sie sogar Mitleid mit dem bedauernswerten Mann, der jetzt in den Bergen umherstreifte, weder Tier noch Mensch.

Als sich Ninioq schließlich von der Pritsche erhob, war Katingak schon gegangen. Ivnale lächelte ihr zu und zeigte auffordernd auf den Kochtopf. Ninioq zog ihren Anorak an und fischte sich ein Stück Fleisch heraus, das sie mit ihrem kleinen, sichelförmigen Messer in geeignete Happen schnitt. »Es ist für eine alte Frau peinlich, sich von der ältesten Frau ihres Sohnes so bedienen zu lassen«, sagte sie. »Aber der Schlaf war so gut, dass ich es nicht über mich brachte, ihn zu unterbrechen.«

Ivnale schüttelte den Kopf und lachte. Sie mochte Ninioq mehr noch als ihre eigene Mutter. Ninioq mischte sich nie in die Haushaltsführung ein, und sie half immer, anstatt zu kritisieren. »Schläft Manik?«, fragte sie.

Ninioq nickte. »Gerade hat er noch im Traum

gelacht«, antwortete sie. »Genauso wie damals sein Großvater.«

Als Ninioq sich satt gegessen hatte, ging sie vors Zelt, um Sohlen an die Seehundfellstiefel zu nähen, die sie gerade für Kisag anfertigte. Vor dem Zelt war es brütend heiß, sie zog den Anorak über den Kopf und legte ihn neben sich. Auch Ivnale kam kurz darauf heraus und setzte sich zu ihr. Sie war nackt, trug nur Fellstiefel und ihr Haushöschen, den schmalen Fellstreifen, der ihr Geschlecht verbarg. Sie beschäftigten sich mit ihrer Arbeit und redeten nicht. Hin und wieder schaute eine von ihnen auf und ließ den Blick hinunter zum Fjord schweifen. Dort spielten die Kinder. Einige waren damit beschäftigt, mit Harpunen auf den ausgestopften Robbenkopf zu zielen, mit dem sie sonst auch Fußball spielten, und ein Stückchen vom Strand entfernt, draußen im Wasser, saßen die anderen Kinder in Katingaks Frauenboot, unter ihnen auch der Sohn des Strotzenden und Ivnales Mädchen, und angelten Dorsch.

Als die Sohlen an den Fellstiefelschäften befestigt waren, legte Ninioq ihr Nähzeug zur Seite und lehnte sich zurück in die Heide. Dies war ihre Welt. Wo konnte man sich denn besser fühlen als gerade hier, wo einem Menschen alles geschenkt wurde, ohne dass jemand etwas dafür verlangte?

Sie schaute auf den Teppich aus Heidekraut, in

den kleine Büschel von Veilchen und Gletschermohn eingewebt waren. Auf diesem Teppich hatte sie vor vielen Jahren gelegen und über denselben Fjord geschaut, dieselben braunen Berge gesehen, dieselbe Eisbank im Westen, wo die toten Gletscher breite, schwarze Streifen vom blassblauen Himmel bis hinunter in das grüne Wasser zeichneten.

Wie sie so saß und die unveränderliche Natur betrachtete, verstand Ninioq kaum noch die Sorge und Unruhe, von denen sie oft erfasst wurde. Alles war doch beständig, sah sie hier. So wie sich ihr das Land jetzt darbot, hatte es für alle Geschlechter ausgesehen. Die Welt war unverändert, und wenn der einzelne Mensch auch vergänglich war wie Tier und Pflanze, so waren doch die Geschlechter genauso beständig wie die Berge hinter den Zelten, auf denen Büschel von Veilchen wie eh und je rosa und rot zwischen Krähenbeeren und Heidelbeerkraut hervorleuchteten.

Alles war ewig. Die gewaltige Natur konnte nicht zerstört werden, und war der Mensch nicht ein Teil dieser Natur? Alles Lebende würde wachsen, sich vermehren und sterben, im gleichen ewigen Rhythmus wie der Wechsel der Jahreszeiten. Ninioq schaute auf die Frau ihres Sohnes. Ihre mattgelbe Haut war noch glatt und schön, ihre Brüste standen hoch und voll über dem gewölbten Brustbein. Dies war Ivnales Sommer, dachte sie, die Zeit, in der ein

Mensch sich in einer hinreißenden Schönheit entfaltete, um den Fortbestand der Geschlechter zu ermöglichen. Und sie sah an ihrem eigenen Körper hinunter und gleich darauf zu den Mädchen im Frauenboot. So war es, dachte sie, und so würde es zu allen Zeiten sein.

3

Es war ganz wunderbar, fand Ninioq, dass wieder so viele Menschen in derselben Siedlung lebten, und aufregend, sich unter Menschen zu bewegen, deren Gesichter unbekannt waren und mit denen man vorher nie Gedanken ausgetauscht hatte. Nur Kokouk und seiner ältesten Frau war sie früher einmal begegnet, die übrigen Mitglieder des Stammes gehörten entweder neuen Zweigen an oder waren eingeheiratet.

Die Tage vergingen schneller, als einem lieb war, denn es gab jetzt so viel Neues zu sehen und derart viel zu bereden und zu erklären, dass fast kein Platz mehr war im Kopf eines alten Menschen.

Aber Ninioq genoss die Gesellschaft und auch die vielen Feste. Denn es gab immer einen Anlass zum Feiern, wenn eine solche Menge an Menschen zusammen war: So bekam ein Kind seinen ersten Zahn, oder ein Junge fing seine erste Robbe, oder bei einem jungen Mädchen setzten die Blutungen ein. Ließ sich gar kein Grund finden, dann feierte man einfach um des Festes willen, weil es Sommer war und warm, weil es viel Fleisch gab und Frieden herrschte. Man veranstaltete große Sängerfeste, bei denen Kokouk, Akutak und viele der alten Frauen die Trommel schlugen und Lieder aus fernen Zeiten sangen. Das waren uralte Lieder, deren Worte keinen Sinn mehr ergaben, da die Sprache, in der die Menschen damals redeten, anders gewesen war als die, derer man sich heute bediente.

Obwohl somit alles in denkbar bester Ordnung war, wurde Ninioq weiterhin von der Unruhe geplagt. Vielleicht war es das Alter, das sein Recht forderte, dachte sie, ihr langes Leben, das sie mit einem Sinn oder einer Rechtfertigung beschließen wollte. Diese Unruhe war natürlich töricht, denn das Leben gab keine Rechtfertigungen und hatte keinen anderen Sinn als die Fortführung des Geschlechtes. Aber vielleicht war es gerade das Letztere, das die Ursache für ihre Unruhe war.

Sie hatte die Steinoval-Kajaks ihrer Jugend gefunden und ging häufig abends hinaus zu ihnen, wenn die Sonne so schön über dem Fjord schien. Dort saß sie und erinnerte sich an Tage, die nun vergangen waren. Sie dachte viel an die Menschen, die aus dem Land verschwunden waren. Vielleicht war Kokouks kleiner Stamm der letzte, den sie erleben würde. Vielleicht gab es überhaupt keine anderen Menschen mehr auf der Welt als die, die jetzt am

Kerkertakfjord zusammen waren. Jedenfalls war es viele Jahre her, dass man in ein unbekanntes Gesicht geschaut hatte, und überall, wo man gereist war, hatte man nur Hausruinen und leere Zeltumrandungen vorgefunden.

Sie grübelte, ob es vielleicht die Welt war, die die Menschen verhexte, oder ob das Umgekehrte der Fall war. Diese Welt und das Leben, das sie kannte, hatte sie immer als gegeben hingenommen und nie über deren Entstehung oder Ursachen nachgedacht. Alles in allem hatte sie stets wie ein Mensch, ein Inuit, gelebt und sich nur um die Kräfte und höheren Mächte gekümmert, denen alles untertan war. Je tiefer sie sich in diese Dinge hineindachte, desto deutlicher sah sie, dass es trotz allem doch der Mensch war, der sich an der Natur versündigte und damit an sich selbst.

Denn jeder wusste, dass alles in der Natur von Besitzern beherrscht wurde. Alles hatte seinen Besitzer: das Moos, die Steine, der Wind, die Sagen, die Namen der Menschen – alles. Es gab nichts Irdisches oder Überirdisches, das nicht seinen Besitzer hatte.

Die Erde und das Meer ruhten auf Pfeilern, und unter den Pfeilern gab es die Unterwelt. Zu ihr fand man nur durchs Meer oder durch besondere Spalten in den Klippen Zugang. Der Himmel wurde von einem gewaltigen Berg getragen, vielleicht von dem, den Kokouk und auch Attungak am Außenrand der Welt gesehen hatten. Und zwischen Himmel und Erde gab es die Oberwelt, dorthin kamen die Hängeköpfe, die humorlosen Menschen, nach dem Tod. Der Himmel war ein kalter und trister Ort, wo die Seelen der Toten Arssartut, Ballspieler, genannt wurden, weil ihr einziges Vergnügen darin bestand, mit einem Robbenkopf Ball zu spielen, wodurch auch die Nordlichter entstanden. Wenn Ninioq an die Oberwelt dachte, wurde sie missmutig, manchmal auch ängstlich. Sie fürchtete ein Leben als Himmelskörper und hoffte zutiefst, dass sie zu gegebener Zeit in die Unterwelt kommen würde. Denn dort hielten sich die Arsussut, die glücklichen Verstorbenen, auf. Sie lebten im Überfluss, dort war es warm und behaglich mit vielen heiteren Menschen.

Ninioq dachte oft über die verwickelten Besitzverhältnisse nach. Alles hatte seinen Besitzer, und dieser wurde von einer höheren Macht beherrscht, die wiederum viele helfende Geister besaß. Der höchste von allen war Tornarssuk, dem sich alle Menschen unterwerfen mussten. Er wohnte bei den glücklichen Verstorbenen in der Unterwelt, und er war es, dem der einäugige Akutak bei seinen Geisterflügen häufig Besuche abgestattet hatte.

Aus diesen Erwägungen kam Ninioq zu dem Schluss, dass der Mensch vielleicht über lange Zeit

Tornarssuk missfallen hatte und deshalb dabei war, seine eigene Zukunft zu zerstören.

Sie hatte Tornarssuk nie gefürchtet. Er war Herrscher über alles und war daher auch in allem, auch in ihr selbst. Zuweilen, wenn sie Sorgen plagten, spürte sie seine Anwesenheit. Einige sagten, er wäre so groß wie ein Finger, andere meinten, so groß wie ein Bär, und man hatte ihn in Tier- und Menschengestalt erblickt. Gesehen hatte ihn Ninioq nie, aber oft gefühlt.

Nein, sie hatte keine Furcht vor dem Höchsten, aber es gab viele andere Wesen, vor denen sie sich gefürchtet und immer in Acht genommen hatte. Da waren die Wassergeister, sie beherrschten das Meer, und Ninioq hatte immer daran gedacht, ihnen Fuchsfleisch vorzuwerfen, das war das Beste, was sie kannte. Und da war Tornit, dem das Inlandeis zugehörte, er konnte die Gedanken eines Menschen belauschen. Es gab das Riesenvolk mit den gefährlichen Zeigewaffen und Amarok, der die Seelen aus den Menschen, die er traf, herausriss, und Erkigdlit, der halb Mensch, halb Hund war, sein Anblick war überaus abscheulich. Ja, es gab vieles, das ein Mensch auf dieser Welt fürchten musste, und viele, denen man nicht missfallen durfte.

Ninioq saß auf der Erde in einem kleinen Kajak aus Steinreihen, das sie in ihrer Kindheit anzulegen geholfen hatte. Sie war tief in Gedanken versunken, als sie ein lauter Ruf von der Siedlung her in die Wirklichkeit zurückholte. Sie erhob sich und schaute hinunter. Ein Mädchen sprang vom Strand zu den Zelten hinauf, und Ninioq hörte, wie der Ruf »Angmagssat« immer wieder die Stille zerriss.

Oh, Angmagssat! Ein erwartungsvoller Schauder durchlief sie. Sie schaute hinaus aufs Meer, und weit draußen konnte sie einen großen Schwarm Seevögel erkennen. Vielleicht war dort, wo sie kreisten, ein Angmagssat-Schwarm, ein Schwarm dieser kleinen, silberglänzenden Lachsfische, der Lodden, die zum Strand schwammen, um abzulaichen. Damit wäre der Wintervorrat gesichert.

Auf ihrem Weg hinunter zum Strand musste sie über ihre schweren Gedanken lächeln. Es sah jedenfalls nicht danach aus, dass Kokouks oder auch Katingaks Stamm das Missfallen der höheren Mächte erregt hatten. Hier konnte man bald wohlschmeckende und nahrhafte Kost direkt aus dem Meer schöpfen und sich an Seevögeln und Robben gütlich tun – und was den Lodden sonst noch so folgte.

Der Schwarm war groß. Sie waren ihm mit den Frauenbooten ein Stück in den Fjord bis zu einem steinigen Strand gefolgt, an dem die Fische zu laichen beabsichtigten. Die Männer lagen mit den Kajaks am äußeren Rand des Schwarmes, und die

Jungen standen mit ihren Vogelspeeren und Schleudern am Strand.

Schon oft hatte Ninioq miterlebt, wie die Lodden an die Küste kamen, aber noch nie hatte sie einen so großen Schwarm wie diesen gesehen. Weit draußen glänzte der Fjord, als wäre er plötzlich vom Mondlicht einer Winternacht übergossen. Das Meer siedete vor lauter Fischen, und den Fischen folgten Robben in großen Herden. Übers Wasser schwärmten schreiende Möwen, Eidergänse, Krabbentaucher und viele andere Vögel wie unruhige Wolken.

Die Frauen in ihren Booten tauchten die Schöpfkellen ins Wasser und begannen, den Fang an Bord zu holen. Die Jungen warfen ihre Speere in die niedrig fliegenden Vogelschwärme und schleuderten ohne zu zielen scharfkantige Steine in die Luft. Innerhalb kurzer Zeit war das Wasser mit toten oder verwundeten Vögeln bedeckt, die die Frauen mit ihren Kellen auffischten.

Die Fänger waren in den Schwarm hineingepaddelt und harpunierten die Robben, die sich blind vor Gier auf die Lodden stürzten. Es waren fette Robben, sie schwammen gut auf. Wenn ein Fänger einige erlegt hatte, band er sie zusammen und ließ sie mit dem auflaufenden Gezeitenstrom ans Ufer treiben.

Der Stamm arbeitete die ganze Nacht ohne Unterlass. Sie bemerkten ihre Müdigkeit erst, als der Schwarm wieder kehrtmachte und in die offene See schwamm. Die Frauenboote versanken beinahe, und der Strand war voller an Land gezogener Robben. Es gab Fische und Vögel und Seetiere in unvorstellbar gewaltigen Mengen. Bei diesem Anblick traute man kaum seinen Augen, und noch schwerer war, sich vorzustellen, dass dies alles dem Stamm gehörte. Solch ein Überfluss kam ihr immer vor wie eine fantastische Begebenheit aus einer Erzählung, etwas, worüber man sich in den langen Winternächten unterhielt, und es schien ihr, als sei dieser üppige Fang nicht Teil der Wirklichkeit, ebenso wenig wie die großen Waljahre oder die großartigen Rentierjagden, von denen berichtet wurde.

Sie schaute zum Strand. Sand und Steine waren mit einer dicken Schicht Rogen bedeckt, den die Fische abgelaicht hatten, und tote Seevögel trieben unruhig in den kleinen, trägen Wellen, die vom Meer ans Ufer schlugen. Als das Boot auf den Strand lief, musste sie durch Fischhaufen waten, um an Land zu kommen. Sie beugte sich hinunter und nahm eine Hand voll Rogen. Manik kam ihr entgegengelaufen, ein Bündel Möwen in der Hand.

»Sieh mal, Ninioq, die habe ich alle selbst gefangen«, rief er. Sie schaute voller Bewunderung auf seinen Fang und gab ihm Rogen zum Probieren.

»Du hast einmal versprochen, mir ein Rentier zu machen, wenn wir Angmagssat fangen«, sagte er, »kannst du das?«

Ninioq nickte. Sie nahm eine Hand voll Lodden und setzte sich auf den Bootsrand. »Sieh mal«, sagte sie. »Zuerst entfernst du die Flossen und dann steckst du sie hier und hier durch. Siehst du? Das da sind die Beine, und die beiden langen, das sind Ohren.«

»Schon ziemlich lange Ohren«, sagte Manik, »hat ein Rentier so lange Ohren?«

»Wir machen sie etwas kürzer, dann passt es besser.« Ninioq hielt das Rentier in der ausgestreckten Hand und betrachtete es mit zusammengekniffenen Augen. Es war ein jämmerliches Rentier, aber ein Rentier, wie es Kinder schon immer aus diesem kleinen Fisch gemacht hatten.

Manik gefiel es. Er sprang am Strand umher und zeigte es seinen Kameraden, und bald hatten alle Jungen ihre eigenen Rentiere zusammengesteckt, setzten sie auf Steine und erlegten sie mit Zweigen, die sie kurzerhand zu Wurfspeeren erklärt hatten.

Nun band man die Hunde an, die bisher in Robben- und Vogelfleisch schlemmen durften, und man setzte in jedes Frauenboot einen Jungen, um die Räuber der Lüfte zu verscheuchen. Dann begannen die Frauen, Robben und Vögel zu zerlegen und auszunehmen, und als die Männer sahen, dass es mehr Arbeit gab, als die Frauen schaffen konnten, halfen sie beim Zerteilen. Die Sonne wärmte schon stark, und sie stellten fest, dass die Nacht vorbei war und ein neuer Tag begonnen hatte.

Als alle ausgeschlafen hatten, versammelten sie sich vor Kokouks Zelt, um wegen der vielen Leckerbissen ein Fest zu feiern. Es war schon lange her, dass man so reichhaltige und vielseitige Nahrung gefangen hatte: In den tiefen Steintöpfen gab es nahezu alles: Vögel und Seetiere, gekochte Eidergänse und wohlschmeckende Jungmöwen. Es gab Lendenstücke von Robben, frische, blutreiche Leber, Darm, Herz und viele andere Eingeweide. Aber vor allem gab es leckere, gekochte Lodden.

Ninioq aß, bis ihr schlecht wurde. Es war von allem so reichlich vorhanden, der Geschmack war so verlockend, dass sie nicht widerstehen konnte. Ihre Esslust war so stark, dass sie hinters Zelt ging und ihren Mageninhalt zur Freude der Hunde erbrach, dann setzte sie sich erleichtert wieder an die Töpfe und aß weiter. Sie entfernte die Rückenwirbel aus den Lodden, die sie verzehrte, um damit hübsche Perlenhalsbänder anzufertigen, indem sie sie auf lange, dünne Sehnen zog.

Als der erste Heißhunger gestillt war, als man lag und den kräftigen Fleischrausch genoss, erzählte

Kokouk von einem anderen Angmagssat-Fang, an dem er vor vielen Jahren teilgenommen hatte. Es sei, sagte er, nicht so sehr der Fang, von dem er erzählen wolle, denn den kannten selbst die Jungen nach dieser Nacht, aber ihm sei eingefallen, was damals nach dem Fang geschehen war, etwas, das für die Jugend vielleicht lehrreich sein könnte. Er sog das Mark aus einem Knochen, warf ihn den Hunden vor und rückte näher ans Feuer.

»Wir waren gerade damit fertig, die Lodden auf den Klippen auszubreiten, als sich uns draußen auf dem Meer ein merkwürdiger Anblick bot«, sagte er. »Einige meinten, dass es ein seltsam geformter Eisberg wäre, aber in diesem Falle hätte es mit Zauberei zugehen müssen, denn er nahm trotz der südgehenden Strömung direkten Kurs auf die Küste. Andere hielten es für einen Jagdschirm eines der Kajaks des Riesenvolkes, aber nach einiger Zeit sahen wir, dass es ein großes Boot war, ganz ohne Ruder, aber mit weißen Fellen, die an gewaltigen, aufrechten Stücken Treibholz ausgespannt waren. Solch ein Boot hatte bisher keiner von uns gesehen. Es näherte sich lautlos der Siedlung, mit einer Geschwindigkeit, die ganz unglaublich war. Und weil wir Angst hatten, dass an Bord Wesen sein könnten, die Böses im Schilde führten, liefen wir alle zu den Felsen, denn von dort konnten wir das Boot unbemerkt beobachten.«

Kokouk machte eine lange Pause. Zwischen seinen Augenbrauen stand eine tiefe Furche, und alle konnten erkennen, dass er dieses Fahrzeug vor Augen hatte.

»Das Boot war völlig unbegreiflich«, fuhr er fort. »Es musste aus einer unbekannten Welt kommen und mit Geistern bemannt sein, so dachten wir. Keine Menschenhand hätte solch ein Boot bauen können, das quer zu der starken Strömung von nichts angetrieben wurde.

Es fuhr direkt in die Bucht hinein, dorthin, wo die Siedlung lag, drehte bei und kam zum Stillstand. Einige der weißen Felle wurden von den Geistern zusammengerollt, und kurze Zeit später brachte man ein kleineres Boot zu Wasser. Dieses Boot war von fast normaler Größe, besaß aber nicht die Fähigkeit des großen, sich ohne Hilfe fortzubewegen. Aber es war dennoch bemerkenswert, weil es ausschließlich aus kostbarem Holz gebaut war und Farben hatte, die man nicht selbst herstellen konnte. Dieses Boot hatte Ruder, und die wurden von Geistern besetzt, die von Bord des großen Fahrzeuges kletterten.« Kokouk schaute seine Zuhörer an und nickte.

»Ja, das waren in der Tat seltsame Geister. Sie trugen Kleidung, die kein Mensch bisher gesehen hatte, Kleidung aus weichem, unbekanntem Fell und in vielen Farben. Und an den unbedeckten Stellen dieser Geister konnte man eine Art roter Haut sehen, ganz anders als die bis dahin bekannten Hautfarben. Genauso fantastisch war das Haar der Geister. Sie trugen Haare von der Farbe der Blaubeerbüsche, Haare, die an das Fell des Eisbären erinnerten; es gab auch Geister ganz ohne Haare, das war erschreckend, und es gab Haare so rot wie ein Sonnenuntergang.«

Der Kreis um Kokouk hielt den Atem an. Sie schauten verblüfft auf den alten Mann, der all dies erlebt hatte. Kokouk nickte viel sagend. Er nahm eine Schöpfkelle und tauchte sie in den Wassertrog. Langsam trank er das Wasser und wischte sich den Mund mit dem Handrücken ab.

»Ja, so wahr man hier sitzt, es gab Haare wie ein Sonnenuntergang«, wiederholte er und fuhr fort: »Glücklicherweise sollte sich bald herausstellen, dass diese Geister uns Menschen freundlich gesinnt waren. Denn sie brachten Geschenke an den Strand und legten sie gut sichtbar hin, damit sich jeder davon nehmen konnte. Und um uns gleichsam Vertrauen einzuflößen, zogen sie sich auf ihr kostbares Boot zurück, wo sie sich niederließen und schauten, ob die Geschenke willkommen waren.« Kokouk räusperte sich und spuckte ins Feuer.

»Ich selbst gehörte zu den Männern, die zu den Geschenken hingingen. Und welche Herrlichkeiten, oh, welch wirklich wunderbare Dinge lagen da!« Er lächelte bei dieser Erinnerung, und seine Augen strahlten, als sähe er die Sachen noch vor sich.

»Es gab kleine, ganz flache Steine, in denen man sein Gesicht sehen konnte, scharfe, blanke Messer aus unbekanntem Material, Messer, die so lange hielten wie das Leben eines Mannes. Und es gab Riemen aus zusammengedrehten Sehnen, Sehnen, die von einem Tier aus der Welt der Geister stammen mussten, denn sie waren stärker und auch dünner als die, welche man hier im Land der Menschen benutzte. Außerdem lagen dort Perlen und Bänder und schwere, schwarze Töpfe, Nadeln zum Nähen und braune Behälter mit klarem Wasser. Wir schauten uns alles an und blieben stehen, als zwei der Geister vom Boot auf uns zukamen. Sie trugen lange, blanke Stöcke in der Hand, und es stellte sich dann später heraus, dass diese eine Art Zeigewaffen waren, die unter lautem Knallen eine unglaubliche Tötungskraft entwickelten.

Die Sprache dieser Fremden war völlig unverständlich. Die Laute saßen auf eine seltsame Art und Weise gleichsam im Hals fest. Es war, als könnten sie diese nicht hoch genug zwingen, um aus ihnen eine verständliche Sprache zu machen. Die Fremden wirkten freundlich und ergriffen unsere Hände, die sie unbedingt einen Augenblick festhalten wollten; es stellte sich heraus, dass dies dort, wo sie herkamen, Brauch und Sitte war.« Kokouk streckte Katingak eine Hand hin, um die Art der Begrüßung der Geister zu demonstrieren.

»Ach ja, das war wirklich ein glücklicher Besuch«, sagte er. »Die Fremden begehrten nicht mehr, als wir ihnen geben konnten. Und sie selbst verschenkten alle möglichen Kostbarkeiten und waren noch froh und dankbar für die armseligen Felle, die wir als Gegengeschenk machen konnten.

In vieler Hinsicht waren sie uns Menschen ähnlich: So aßen sie dasselbe Fleisch wie wir, und ihr Interesse an Fellen war genauso groß wie bei uns Menschen. Außerdem lagen sie bei den Frauen genauso wie andere Männer, darüber wunderten sich die Frauen sehr. Aber sie waren glücklich, dass auch sie auf diese Art ihre Gastfreundschaft beweisen konnten. Es sah so aus, als ob diese Geister daran größeren Bedarf als die Menschen hätten. In jedem Fall waren sie überaus froh über die Frauen der Siedlung, die sie mehrmals am Tag besuchten. Auch wir Männer und ein Teil der Frauen durften an Bord des großen Bootes kommen, wo wir ganz unbeschreibliche Sachen und enormen Wohlstand sahen. Es hatte den Anschein, dass sie überwiegend von Waltran und Walfleisch lebten, denn große Räume des Bootes waren mit Tran in verschlossenen Trögen vollgepackt, und wir sahen überall auf dem Deck gewaltige Stücke Walfleisch. Ja, diese fremden Geister besaßen große Fähigkeiten und sehr viel Reichtum, das sah man am Boot und an ihren Kochgeräten: Sie waren so groß, dass der ganze Stamm darin zur gleichen Zeit seinen Fang hätte kochen können. Und man sah es an ihren Kleidern und Zeigewaffen und nicht zuletzt an dem starken Wasser, das sie in braunen Behältern aufbewahrten. Diese Behälter, die ganz zerbrechlich waren und nicht auf Steine fallen durften, enthielten eine Wasserart mit wunderbaren Eigenschaften. Sowie ein Mensch getrunken hatte, wurde er besessen. Man wurde am ganzen Körper schlaff, verlor die Kontrolle über seine Glieder und fühlte sich unbeschreiblich hochgestimmt.« Kokouk schüttelte den Kopf. »Nein, man kann die Wirkung des Getränkes unmöglich beschreiben.«

Er starrte ins Feuer und machte eine lange Pause. Alle saßen still und wie gebannt. Ein Säugling quengelte, aber ihm wurde umgehend eine braune Brustwarze in den Mund gesteckt, um Kokouks Gedankenflug nicht zu stören.

»Ja, ja, es war ein unglaubliches Getränk, nach dem man sich sein ganzes Leben lang sehnt, wenn man einmal davon getrunken hat. Die Geister tranken es auch oft, aber sie wurden auf eine andere Weise als wir Menschen beeinflusst. Bei ihnen wirkte es anders, glaube ich. Jedenfalls wurden sie lärmend und gewalttätig und schlugen sich um die Frauen, obgleich es genug Frauen für alle gab.

Sie blieben drei Tage bei uns, drei ganz unvergessliche Tage, über die man gerne noch mehr berichten würde. Aber es sind schon so viele Jahre vergangen, man hat viel vergessen. Nur den Geschmack dieses starken Wassers, den hat man noch auf der Zunge. Als sie fortfuhren, weinten viele Frauen, und wir Männer vermissten ihre Gesellschaft und das Wasser in den braunen Behältern. Seitdem hat man das Boot mit den weißen Fellen nie mehr gesehen. Aber man hat gehört, dass sie andere Siedlungen besucht haben, zum großen Glück der dort Wohnenden.« Er seufzte tief. »Vielleicht ist es einem Menschen nur einmal in seinem Leben vergönnt, dieses Boot zu sehen.«

Als Beweis für die Richtigkeit seiner Erzählung holte er ein Eisenmesser hervor. Die Schneide war dünn vom vielen Schleifen, aber alle, die es in der Hand hielten, konnten fühlen, dass es aus einem besonderen Material angefertigt war – es musste ein großes Glück sein, solch ein Messer zu besitzen.

Ninioq hatte schon früher von diesem seltsamen Boot gehört, das hier und da in der Welt der Menschen, der Inuit, auftauchte. Und sie hatte noch weitere wertvolle Gegenstände gesehen, die vom Geisterboot stammten. So sprach sie bei Pigsiarfik mit einer Frau, die Besitzerin einer Nadel war. Möglicherweise war diese Nadel aus demselben Material wie Kokouks Messer, in jedem Fall war sie blank und ungemein spitz. Die Frau erzählte ihr, dass die Nadel ein Geschenk eines dieser menschenähnlichen Geister gewesen sei, der ihr die Freundlichkeit erwiesen habe, ihr bei mehreren Gelegenheiten beizuliegen. Ninioq und auch die Frau hatten sich darüber amüsiert, denn wie konnte man sich von einer so wertvollen Nadel trennen, nur weil man mit einer armseligen Frau geschlafen hatte.

Oft hatte sich Ninioq in ihrer Jugend gewünscht, dass das von weißen Fellen bewegte Boot zu ihrer Siedlung käme. Dann würde sie sich auch eine Nadel besorgen, indem sie bei einem dieser Fremden lag. Mit solch einer Nadel würde sie ganz fantastische Kleidung für ihre Familie nähen können.

Nachdem alle nochmals gegessen hatten, sprach man darüber, was mit den großen Fleischmengen geschehen sollte. Man einigte sich, dass ein Teil des Fleisches in der Siedlung getrocknet und im Laufe des Sommers zu den Fleischgruben bei Inugsuk gebracht werden sollte. Der Rest sollte auf einer kleinen Insel gedörrt werden, von dort konnte man es holen, wenn man sich entschloss, die Wintersiedlung aufzusuchen. Ninioq bot sich an, auf der Insel zu bleiben, bis das Fleisch trocken war und die Lodden auf lange Riemen gezogen waren. Sie wollte gerne eine Zeit lang allein sein, denn die unruhigen

Gedanken hatten ihr Gemüt lange wie Gewitterwolken überschattet, und sie hoffte, dass ihr die Einsamkeit eine lang ersehnte Klarheit geben würde.

Als ihr Enkel Manik erfuhr, dass sie eine Reise machen wollte, bat er seinen Vater, mitfahren zu dürfen. Er wollte ihr beim Wenden des Fleisches helfen, Wasser holen und Möwen und Raben vom Trockenplatz verscheuchen. Er wollte für Ninioq sorgen, wenn sie krank würde, und er könnte ihr bei vielem anderen helfen. Wenn er nur mitdürfte. Ivnale lachte und meinte, er wäre wohl mehr Last als Nutzen, aber Katingak, der wusste, wie gern Ninioq den Jungen hatte, und der im Übrigen der Meinung war, dass es für einen siebenjährigen Jungen nützlich sein konnte, Erfahrungen außerhalb der Siedlung zu sammeln, gab ihm die Erlaubnis. Eines der Frauenboote sollte am nächsten Tag mit Ninioq und dem Jungen übersetzen und gleich darauf noch eine Fahrt unternehmen, bei der man die Hunde auf die Hundeinsel bringen wollte.

Die Insel, die Neqe genannt wurde, war ein ganz kleines Eiland, gerade so groß, dass Manik sie an einem Vormittag umrunden konnte.

Sie wurde deshalb Neqe genannt, weil man Fleischinseln so bezeichnete, und sie war für diesen

Zweck sehr gut geeignet. Vom Meer stiegen niedrige, flache Klippen an bis zu einem kleinen See, der ungefähr in der Mitte der Insel lag. Hinter den Klippen und um den See herum wuchs Heide, durchsetzt mit Wollgras und Moorbeeren. Es war eine schöne kleine Insel, man hatte nach allen Seiten gute Aussicht: aufs Meer und die Eismassen, aufs Festland mit seinen Bergen und Hochtälern und auf die lange, flache Insel im Norden, die Kerkertak genannt wurde.

Zweimal hatte Ninioq bereits den Sommer auf Fleischinseln verbracht, Fleisch und Fisch ausgelegt und gewendet und dafür gesorgt, dass die Raben und Seevögel alles in Ruhe ließen. Beide Male hatte sie nur die Gesellschaft von Kajutak, dem »Kochlöffel«. Die so Bezeichnete war die Frau des berüchtigten Mörders Agdlertoq gewesen. Agdlertoq war besessen und mordete viele Menschen völlig grundlos, so wie Ninioqs Schwiegersohn damals auch. Zuerst ließen ihn seine Verwandten wüten, sie hofften, dass das Böse vorübergehen würde, aber schließlich verlor man die Geduld und tötete ihn. Er wurde von Katingak mit der Harpune zur Strecke gebracht, unten bei Isortoq, und die beteiligten Männer aßen von seiner Leber und zerlegten ihn in Stücke, die sie an verschiedenen Stellen im Meer versenkten. Auf diese Weise gaben sie ihm und auch sich Frieden.

Kajutak starb einige Zeit danach ganz unerwartet. Am Abend vor ihrem Tod hatte sie noch bei der Entbindung einer Schwiegertochter geholfen, hatte das Neugeborene zum Licht der Lampe gehalten, damit es alle sehen konnten, hatte ihm Wasser um den Mund gestrichen und ihm den Namen Agdlertoq gegeben, dessen Namensseele seit dem Tod ihres Mannes obdachlos gewesen war. Am nächsten Morgen lag sie auf ihrer Pritsche und war eiskalt und fast an der Wand festgefroren.

Darum war es in diesem Jahr nicht Kajutak, die Ninioq Gesellschaft leisten sollte, sondern ihr Enkel Manik und, ganz unerwartet, die gichtkranke Kongujuk.

Eigentlich sollte Kongujuk überhaupt nicht mit auf die Insel. Niemand hatte dies vorgeschlagen, und niemand hatte auch nur an die alte, gichtgeplagte Frau gedacht, als man über diesen Aufenthalt sprach. Aber als Ninioq und Manik an Bord des Frauenbootes gestiegen waren, kam Kongujuk zum Strand gehinkt, so schnell es ihre verschlissene Hüfte zuließ.

»Wartet!«, rief sie und schwang eifrig den Stecken, den ihr Adoptivsohn aus einem Narwalzahn geschnitten hatte. »Wartet auf ein altes, krankes Weib, das just gerade die Reiselust seiner Jugend wiedergewonnen hat.«

Ihr Adoptivsohn, der für sie sorgte, schüttelte

voller Bedenken den Kopf. Er bat sie, zurück zum Zelt zu gehen, denn die Fleischinsel war nichts für ihre abgearbeiteten Glieder. Aber sie beharrte auf ihrer Absicht.

»Es ist nun einmal so«, sagte sie, als sie den Strand erreicht hatte, »dass man sich unnütz und verwirrt unter all den Menschen fühlt. Vielleicht kann man auf der Fleischinsel noch eine kleine Hilfe sein. Außerdem hat man Lust, mit einer guten Freundin ein bisschen allein zu sein, die nicht so sehr viel redet. Hier in der Siedlung ist es zu laut geworden, und auch der eigene Sohn ist zu anspruchsvoll und erwartet zu viel.«

Alle, die am Strand standen, lachten über ihre Worte. Denn sie wussten, dass ihr Adoptivsohn keinerlei Gegenleistung für Kost und Unterkunft von seiner Mutter verlangte. Er war ein guter und nachsichtiger Mann, der sie auf alle erdenkliche Weise verwöhnte.

Kongujuk überhörte das Gelächter. »Es hängt natürlich davon ab, ob Ninioq eine Mitreisende haben will«, sagte sie und schaute Ninioq gleichzeitig bittend an.

Ninioq, die begriff, dass Kongujuk ebenfalls schwere Gedanken im Kopf herumgingen, hatte keine Einwände. Sie und Kongujuk kannten sich viele Jahre. Sie waren fast gleichaltrig und hatten, abgesehen von Kongujuks fünf Reisejahren, immer in denselben Ansiedlungen gewohnt. Ninioq schlug mit der Hand auffordernd auf die Ruderbank und sagte, dass Kongujuk mehr als willkommen sei.

Es geschah so, wie es Kongujuk wollte. Man half ihr über den Bootsrand, und sie watete mit Mühe durch Haufen von Fisch nach achtern zu Ninioq und Manik. Sie setzte sich und schwenkte lustig ihren Stock, während sie das Startsignal rief, das man für Schlittenhunde gebrauchte.

»Schhhh, schhh, nun kommt schon! Habt ihr keine Kraft?« Sie schlug mit dem Stock auf den Bootsrand, wie man auf die Seile des Schlittens schlug. »Ihr seid müde vom Sommer, zu viel Fressen und zu wenig Arbeit. Na, wirds denn bald?« Sie zog an den Riemen, die das schwere Boot bewegen sollten. »Wollt ihr wirklich, dass sich ein kleiner Junge und zwei gebrechliche Alte selbst in die Ruder legen müssen? Sollen wir hier vielleicht liegen, bis der Fisch vergammelt und ungenießbar ist?«

Die Männer in den Kajaks lachten und kamen angepaddelt. Das Frauenboot drehte langsam in den Fjord ab, ab vom Land. Ninioq saß ganz ruhig. Sie hatte ein etwas beklemmendes Gefühl bei all dem, was sie dort sah: Der Strand, die Zelte, Tiere und Menschen, alles war unwirklich, wie eine Sinnestäuschung. Bei einem gewissen Duft war ihr stets, als sähe sie einen gerade aufgeschnittenen Rentiermagen vor sich; bei einem bestimmten

Geräusch erlebte sie ein längst vergessenes Ereignis wieder. Alles dort an der Küste nahmen ihre Sinne bewusst und auch richtig wahr. Sie sah, sie hörte. Aber war es wirklich? War es nicht eine Täuschung, eine Spiegelung von etwas, das sie früher einmal erlebt hatte? Gab es diese Wirklichkeit, und wenn dies der Fall war, sollte sie das Ganze dann zu einem anderen Zeitpunkt als Täuschung wahrgenommen haben?

»Man wird alt«, murmelte sie, »und macht sich viele seltsame Gedanken.«

Kongujuk sah sie an und fragte, allerdings ohne damit aufzuhören, die unsichtbare Peitsche über den Ruderern zu schwingen: »Was sagst du?«

Ninioq schüttelte den Kopf. Sie gab keine Antwort, sondern starrte weiter auf die Siedlung, bis sie hinter der Landspitze verschwand, die sie umrundeten.

Nach ihrer Ankunft auf der Insel ließ Ninioq das Zelt an der Südseite in der Nähe dreier Höhlen aufstellen, die sich zum Meer hin öffneten. In den Höhlen wollte sie ein Depot anlegen, sobald das Fleisch getrocknet war.

Noch ein Frauenboot voller Fisch und Fleisch fuhr im Laufe des nächsten Tages hinaus zur Insel. Ninioq trug den Fang hinauf zu den blanken Klippen, wo Manik und Kongujuk ihn ausbreiteten.

Es war harte Arbeit von morgens bis abends, und sie schliefen tief, sobald sie zwischen den Fellen lagen.

In der warmen Sonne dauerte es nur kurze Zeit, bis Fisch und Fleisch ausdörrten und eine dunkle, fast schwarze Farbe annahmen. Bald konnten sie die Lodden auf lange Riemen ziehen und sie zu Rädern zusammenrollen. Manik schleppte die Räder zu den Höhlen, wo sie sie einlagerten. Er und Ninioq sammelten darauf flache Steine, die sie aufstapelten, um den Eingang zu verschließen.

Erst viele Tage später kamen die Kajaks wieder in Sicht. Die Zeit war für die drei auf der Insel ungewöhnlich schnell vergangen, sie konnten es gar nicht fassen, dass sie jetzt schon wieder zurückgeholt werden sollten.

Die Männer hatten diesmal zwei Frauenboote im Schlepp. Und als sie an Land gekommen waren, erklärte Katingak, dass das eine mit Fleisch beladen werden solle, das bereits fertig getrocknet war, weil man beabsichtige, es zu der alten Wintersiedlung zu bringen. Man war auf dem Weg dorthin, um ein großes Gemeinschaftshaus für Kokouk und seinen Stamm zu bauen. Das andere Frauenboot hatten sie mitgebracht, weil es dringend mehrere neue Häute brauchte, und Ninioq erkannte, dass es Kokouk gehörte. Sie war erleichtert, dass sie noch eine Zeit lang auf der Insel bleiben konnte, und nahm gerne die Arbeit auf sich, die Bespannung auszuwechseln und das alte Boot wieder tauglich zu machen.

Die Fänger erzählten, dass die Jagd gut gewesen sei und man beschlossen habe, den Winter in der alten Siedlung bei Inugsuk zu verbringen. Dort gab es schon Häuser für viele Menschen, und es musste nur eines für Kokouk und seine Familie gebaut werden. Sie erzählten auch, dass sich noch ein junges Paar verheiratet habe und die Stämme jetzt wegen der neuen Familienbande fast verschmolzen seien.

Sie brachten reichlich Lampenspeck mit und hatten Robbenleber und auch Mattak, frische Walhaut, bei sich. Sie versprachen den Inselbewohnern, sie so rechtzeitig abzuholen, dass sie am Beerenpflücken teilnehmen könnten.

Katingak fragte Manik, ob er mit zurückwolle, aber der Junge legte alles daran, auf der Insel zu bleiben. Er war zutiefst von seiner eigenen Unentbehrlichkeit überzeugt, Ninioq würde es nicht schaffen, wenn er nicht dablieb und sich um sie kümmerte. Katingak hörte ihm aufmerksam zu und nickte zufrieden. Bevor er sich in seinen Kajak setzte, gab er dem Jungen eine Erwachsenenharpune und verriet ihm, dass er damit beschäftigt sei, ihm einen Kajak zu bauen.

Kongujuk war nicht am Strand, um den Besuch zu begrüßen. Sie lag seit einigen Tagen im Zelt, weil ihre Beine mittlerweile so schwach waren, dass sie

sie nicht mehr trugen. Ihr Adoptivsohn ging deshalb hinauf zum Zelt, um sie zu überreden, mit zurückzufahren, doch nach einiger Zeit kam er allein wieder zum Strand.

»Sie möchte bleiben, wo sie ist«, sagte er leise. Er setzte sich in seinen Kajak und redete mit niemandem.

4

An diesem Abend aßen sie den Proviant, den die Kajakmänner mitgebracht hatten. Auch Kongujuk ließ sich von den Köstlichkeiten verlocken und brachte ein wenig herunter. Während der Mahlzeit schwieg sie und war abwesend, erst als Manik mit seiner neuen Harpune im Arm eingeschlafen war, sagte sie:

»Jetzt ist Schluss. Ija, iija, Schluss mit allem.« Sie sagte die Worte, als wären sie ein Zaubergesang oder eine Beschwörung.

Ninioq antwortete nicht, denn es gab keine Antwort. Die Worte waren wahr, unmöglich, ihnen zu widersprechen. Es war offensichtlich, dass es mit Kongujuk zu Ende ging. Kurz darauf sagte die Kranke mit gequälter, etwas heiserer Stimme:

»Ich hatte heute Morgen einen Traum, Saqaq. Ich möchte darüber sprechen.« Sie zupfte mit ihren mageren Fingern verlegen am Fell. »Die Schmerzen waren so stark, dass ich das Bewusstsein verlor. Es war, als ob mich die Seele verließ, um zu dem zurückzuwandern, was einmal gewesen ist.«

Ninioq drehte sich auf die Seite. Sie schaute in Kongujuks Gesicht. Alt war es, mit matten, eingesunkenen Augen und einem Netz tiefer Runzeln und Furchen. Die dunkelgelbe Haut spannte sich straff über die Backenknochen und war fast bis zum Scheitel und in zwei breiten Bögen über den Ohren sichtbar, wo das Haar ausgefallen war.

»Ich möchte von meinem Traum erzählen, weil er vielleicht für andere Menschen gedeutet werden wird, wenn man nicht mehr ist«, fuhr Kongujuk fort. Sie sah Ninioq an und lächelte. »Wir beide haben ein ganzes Leben lang über alles gesprochen, und darum will ich es am liebsten dir erzählen.«

Ninioq nickte auffordernd. »Was hast du geträumt?«, fragte sie.

Kongujuk ließ den Blick über die schräge Zeltwand gleiten. »Ich träumte von meinem Versorger. Anfangs in seltsam sich verschiebenden Bildern, vor oder zurück oder in einem ständigen Steigen ... es ist fast unmöglich zu erklären. Es war so, als ob man sich rasch um sich selbst dreht und dabei alles verschwommen und undeutlich sieht. Aber plötzlich trat er klar hervor, stand leibhaftig da wie ein Mann im besten Alter. Ich sah ihn in dem Land, wohin ich geführt wurde, als ich aus der Siedlung geraubt worden war. Ich sah ihn auf einen niedrigen Felsrücken steigen, er stand ganz still und betrachtete das Land. Ich spürte im Traum die Größe meines Versorgers, es war, als gehörte ihm dieses Land. Auch das Land, das vor ihm lag, konnte man sehen: eine große Ebene, so weit das Auge reichte, eine bloße und nackte Ebene, übersät mit kleinen Wasserlöchern, dort, wo Eis und Schnee geschmolzen waren.« Sie hörte auf, am Fell zu zupfen und legte ihre Hände an die Zeltwand. »Es war mein Versorger, Saqaq, ich sah ihn deutlich. Er blähte die Nasenflügel und saugte gierig die scharfe, kalte Luft ein. Es sah aus, als würde er ins Land wittern. Und obgleich es ein Traum war, roch man den Duft der schwarzen und blauen Früchte der Krähen- und Moorbeere und hatte den süßen und wohlbekannten Geschmack auf der Zunge.« Kongujuk drehte sich stöhnend auf die Seite. »Gib mir ein bisschen Wasser«, bat sie.

Ninioq schob den Wassertrog hin zu ihrer Pritsche und hielt das Saugrohr so hoch, dass sie das Mundstück aus Knochen erreichen konnte. »Hast du noch mehr geträumt?«, fragte Ninioq.

Kongujuk ließ das Mundstück los und seufzte tief. »Ja. Im nächsten Traum kam er auch vor. Er kam zum Zelt zurück, in dem man wohnte. Wir hatten unser eigenes Zelt, und seine Mutter und die Ruderinnen teilten sich ein anderes. Er kam zu mir und legte sich auf der Pritsche auf mich, und ich zog das Fell über seinen Rücken. Lange lag er und saugte Wärme aus meinem Körper. Ich umfasste seinen

Nacken mit meinen Händen und führte sein Gesicht in die Halsgrube. Oh, Saqaq, welch eine herrliche Zeit es doch war. Sein langes Haar bedeckte mein Gesicht, und man konnte die Nässe spüren, als es allmählich auftaute.« Sie seufzte wieder bei der Erinnerung. »Es war ein schöner Traum, Saqaq, denn alles war so wirklich und lebendig.«

Mit geschlossenen Augen fuhr sie fort: »Er konnte mich immer wecken, mein Versorger, so auch im Traum. Man musste einfach immer wieder den Körper gegen seinen pressen, und er hob den Kopf und lächelte. Erinnerst du dich an sein Lächeln? Es war immer so ansteckend.« Sie bewegte den Kopf langsam von einer Seite zur anderen und flüsterte: »Erinnerst du dich an sein Lächeln, Saqaq?«

Bevor Ninioq antworten konnte, fuhr sie fort: »Müdigkeit erregte immer seine Wollust. Es war seltsam, aber er erzählte mir oft, dass es so war: Je müder er war, desto stärker wurde seine Lust auf mich. Das Lächeln wurde zu Gelächter, und er legte eine Hand auf meinen Rücken und hob mich zu sich hoch.« Kongujuk schwieg einen Augenblick. Sie hatte die Augen fest geschlossen und atmete in kleinen, kurzen Stößen. Ninioq war klar, dass die Schmerzen in dichten Wellen kamen und kaum zu ertragen waren. Sie tauchte eine Hand ins Wasser und legte sie ihrer alten Freundin auf die Stirn. Es dauerte einen langen Augenblick, keine sagte etwas.

Dann öffnete Kongujuk die Augen und flüsterte heiser: »Diesmal glaubte ich tot zu sein. Aber ich bat um Aufschub, um dir den ganzen Traum erzählen zu können.« Sie streckte die Arme unter die Felldecke, als friere sie. Als sie wieder sprach, klang ihre Stimme dünn und brüchig.

»Als er zum ersten Mal in mir war«, sagte sie, »wurde mir brennend heiß. Es war ein Gefühl, als würde er weiter eindringen und als habe er Krämpfe bekommen und presse deshalb sein Schambein so fest gegen meines. Ich lachte nicht mehr, denn das Lachen geriet zu kleinen Schreien, und der Körper bebte und drückte sich an ihn mit einer Heftigkeit, die ihn fast von der Pritsche hob. Die Hände fassten um seine Hüfte, um ihn festzuhalten, und mein Geschlecht umklammerte seins mit einer Gier, wie ich sie bis dahin nicht gekannt hatte.«

Kongujuk hustete. Erst einige heisere Räusperer, als hätte sie etwas Störendes im Hals, dann stärker und schließlich so heftig, dass Ninioq glaubte, die Eingeweide träten ihr aus dem Mund. Etwas Schleim und Blut sickerte aus ihren Mundwinkeln, und Ninioq wischte es mit einem Stückchen Hasenfell ab.

Als sie sich wieder erholt und einige Schlucke Wasser getrunken hatte, murmelte Kongujuk: »Das war kein Traum, Saqaq, denn ich spürte ständig, dass er gegenwärtig war.«

Ninioq deckte sie mit dem Fell zu und ließ sie weitersprechen.

»Lange war ich seine Frau, und nie fühlte ich die Veränderungen im eigenen Körper, von denen die Frauen der Siedlung als Vorboten eines wachsenden Kindes erzählten. Aber im Traum passierte das, worauf ich so sehnsüchtig gewartet hatte. Ich lag lange Zeit unter ihm ohne irgendeinen Gedanken, aber mit einem neuen Gefühl, das den Körper immer stärker erbeben ließ. Und ich öffnete den Mund, um ganz unverständliche Dinge zu sagen, wie wenn ein helfender Geist sich durch den Geisterbeschwörer mitteilt. Erst als die Hände von seinem Rücken glitten, schwer und wie abgestorben, wusste ich, dass die Vereinigung diesmal vollkommen gewesen war. Ich war so sicher, dass ich es ihm sagte. Er lachte nicht, Saqaq, sondern ließ seine Wange über meine gleiten und flüsterte: ›Es ist gar nicht unmöglich, denn ich hatte selbst ein starkes Gefühl und konnte mein Erstgeborenes fast sehen.‹ So sprach er, mein Versorger, der gegenwärtig ist.«

Kongujuks Atem ging röchelnd. Sie streckte einen Arm nach Ninioq aus, und diese nahm ihre Hand, die ganz kalt und schlaff war. Ninioq streichelte sie sanft.

»Es war ein schöner Traum«, flüsterte Kongujuk. »Denn im Traum trug ich ein Kind und war so eine richtige Frau. Ich merkte, wie es in mir wuchs, und ich nähte Amulette in den Anorak und setzte sie in den Haarschopf, um das Kind zu beschützen. Und dann gebar ich. Zwei Kinder. Das erste war menschenähnlich, das zweite von der Gestalt eines Bärenjungen. Das waren meine Kinder, und ich liebte sie. Aber ich liebte das eine mehr als das andere, obwohl ich versuchte, beide gleich zu lieben. Doch das eine war irgendwie richtiger als das andere, Saqaq, obgleich es beide meine Kinder waren.

Sie wuchsen heran und kamen in das Alter, in dem Kinder sich prügeln, um sich zu erproben. Eines Tages sah ich sie hinterm Haus. Der Menschenähnliche lag unter dem großen Bärenjungen, und bevor ich merkte, was ich tat, ergriff ich eine Lanze und stieß sie meinem bärenähnlichen Sohn ins Herz. Er starb augenblicklich, und ich stand entsetzt und starrte ihn an und konnte nicht verstehen, warum ich mein Kind getötet hatte.«

Ihr Körper bewegte sich unruhig, und ihre geöffneten Augen waren feucht. »Ich tötete das Kind«, flüsterte sie. »Und als das menschenähnliche Kind sah, was ich getan hatte, um es zu beschützen, schrumpfte es zusammen, wurde immer kleiner und war schließlich nicht größer als ein Fötus. Und ohne dass ich es verhindern konnte, kroch es mir in den Schoß, aus dem es einst gekommen war, und verbarg sich dort oben.«

Sie blickte Ninioq an. »Verstehst du meinen Traum, Saqaq? Verstehst du, dass ich mein ganzes Leben nach dem Kind in meinem Schoß gerufen habe, um es hervorzulocken? Immer kreisten die Gedanken um den Sohn, den man zu empfangen versuchte, aber nie bekam. Und dabei vernachlässigte man das Kind, das man hatte. So war der Traum.«

Ninioq nickte. »Du hast einen Sohn, und er ist dir sehr zugetan.«

Kongujuk entgegnete: »Er ist ein Bär. Er ist mein Sohn, aber er ist ein Bär.« Tränen rannen aus ihren Augenwinkeln. »Jetzt erst weiß ich, dass er mein Sohn ist.«

»Hast du ihm von deinem Traum erzählt, als er dich im Zelt besuchte?«, fragte Ninioq.

»Nein. Ich sagte nichts, nichts von dem Traum. Vielleicht könnte jemand anders ...«

Ninioq drückte ihre Hand. »Dein Traum soll weitergegeben werden, so, wie du ihn erzählt hast«, versprach sie.

Kongujuk schloss die Augen und wartete, bis die Welle von Schmerzen verebbt war, und sagte dann: »Er nahm heute meine Hand.« Sie stöhnte mit zusammengebissenen Zähnen. »Er nahm sie von selbst, das hat er vorher nie getan.«

Für den Rest der Nacht wachte Ninioq bei ihrer Freundin. Sie half ihr, wenn der Husten den ausgezehrten Körper durchschüttelte, und sie gab ihr zu trinken und hielt ihre Hand, bis Kongujuk schließlich ihr Leben mit einem langen, röchelnden Seufzer aushauchte. Sie behielt Kongujuks Hand in ihrer, bis sie ganz kalt war, dann zog sie das Schlaffell über Kongujuks Kopf und legte sich an Maniks kleinen, warmen Körper.

Am Morgen des nächsten Tages schleppten sie und der Junge Steine für ein Grab herbei, und sie zogen Kongujuks entseelten Körper auf einem Robbenfell zu den Steinen und bestatteten ihn darunter, die Beine dem Land, den Kopf dem Meer zugewandt. Manik hatte keine Fragen. Er kannte den Tod, weil er ihn so oft schon gesehen hatte, und er nahm ihn als ebenso natürlich wie das Leben hin.

Nachdem sie den letzten Stein aufgelegt und die Fugen mit Grassoden zugestopft hatten, nahm Manik seine Harpune und ging hinauf zu den flachen Klippen, auf denen das Fleisch in der Sonne getrocknet hatte, um nach Robben Ausschau zu halten.

Ninioq blieb am Grab sitzen und schaute ihm nach. Jetzt war Kongujuks Leben zu Ende, eines Menschen ganzes Leben zu nichts geworden. Im Laufe der Jahre würde die Erinnerung an sie verblassen, und die nächste Generation würde nur noch ihren Namen kennen, der dann auf einen heute noch nicht Geborenen übergegangen wäre. Das war das Leben: Geburt, Leben und Tod. Alles war so einfach.

Ninioq lehnte sich zurück und stützte sich auf die Ellbogen. Sie schaute hinunter zum Strand, wo das Frauenboot hochgezogen lag. Viele Male waren sie und Kongujuk zu neuen Stränden und neuem Land gefahren. Sie hatten dieselben Dinge gesehen und erlebt und waren durch die Unternehmungen des Alltags zusammengewachsen. Aber diese Reise musste Kongujuk allein machen. Jetzt war sie auf dem Wege, von dem kein Lebender wusste, wohin er führte.

Ninioq stand auf und betrachtete den kleinen Steinhügel. »Kongujuk«, flüsterte sie verhalten, »Kongujuk.«

5

Die Tage vergingen, ohne dass es den beiden auf der Insel bewusst war. Ninioq hatte das Frauenboot wieder hergerichtet und schob es mit dem Jungen ins Wasser, um festzustellen, ob es dicht war. Sie ruderten ein Stück hinaus und verbrachten den Tag damit, Seeskorpione und Dorsche zu angeln.

Die Sonne stand nicht mehr so hoch am Himmel. Sie verbarg sich in den Morgenstunden in einer flachen, roten Wolke, weit draußen über dem Eis, und verschwand nachts einige Stunden hinter dem gezackten Rand der Berge landwärts. Es wurde langsam kälter, vor allem in der Nacht, und die Vögel waren unruhig und trainierten ihre Jungen hart, um sie auf die lange Reise vorzubereiten.

Ninioq erwartete die Kajaks täglich. Sie fand fast keine Beschäftigung mehr und sehnte sich wieder nach der Siedlung und nach Gesellschaft. Die schweren Gedanken waren immer noch da, quälten sie aber nicht mehr so sehr.

Eines Tages machte Manik Fang. Er war mehrere Tage hintereinander auf den Klippen umhergestreift, die an der Nordseite der Insel steil zum Meer abfielen, in der Hoffnung, auf ein Tier zu treffen, in das er seine Harpune bohren konnte.

An besagtem Tag lag er auf einem schmalen Felsvorsprung und starrte aufs Meer, als eine kleine, gescheckte Robbe plötzlich die Wasseroberfläche durchbrach und sich neugierig umschaute. Manik lag wie erstarrt. Er wagte weder zu blinzeln noch Luft zu holen.

Die Robbe hielt ihre Umgebung für vollkommen sicher. Sie tauchte einige Male und schwamm in kleinen Kreisen näher an die Insel heran. Man konnte sich denken, dass die warmen Steine für sie ein verlockender Schlafplatz waren.

Vorsichtig kroch Manik bis an den äußersten Rand des Vorsprunges. Er ging auf die Knie, die Oberschenkel am Bauch, bereit aufzuspringen und die Harpune zu schleudern. Wiederholt verhielt die Robbe senkrecht im Wasser und sicherte nach allen Seiten.

Erst als sie sich genau unter ihm befand, so nahe, dass er die steifen Schnurrhaare um ihr Maul erkennen konnte, richtete Manik sich auf und schleuderte die Harpune mit aller Kraft auf sein Ziel. Die Robbe blickte hoch, konnte aber nicht mehr abtauchen: Die Harpunenspitze bohrte sich in ihren

Kopf. Der Schaft fiel ab, und Fangleine und Blase fuhren heraus, als die Robbe wegschwamm.

Manik zitterte am ganzen Körper. Dies war seine erste Robbe, sein erstes großes Fangtier. Er starrte auf die luftgefüllte Blase, die das Wasser durchpflügte und eine breite Spur hinter sich herzog. Die Robbe tauchte auf, um zu atmen, und er sah, dass die Wunde stark blutete. Da sie wegen des Auftriebs der Blase nicht richtig abtauchen konnte, schwamm sie aufs Meer hinaus. Der Junge blickte ihr besorgt nach; wenn er doch nur einen Kajak hätte, nur etwas, mit dem er sich auf dem Wasser bewegen könnte, nur eine Eisscholle, dann hätte er ihr nachsetzen können. Jetzt gingen vielleicht Blase und Harpunenspitze verloren. Er hockte sich hin und umspannte die Knie mit seinen Armen.

Noch konnte er die Robbe sehen. Sie schwamm in immer größeren Kreisen, drehte sich mehrmals auf die Seite und lag schließlich ganz ruhig auf dem Wasser. Das Tier war tot und trieb mit der Strömung südwärts, weit draußen um die Insel herum.

Manik sprang auf. Vielleicht könnte er die Robbe erreichen, wenn sie vor dem Zelt vorbeitrieb. Er könnte mit Ninioq das Frauenboot zu Wasser bringen und die Robbe auffischen, wenn sie vorbeitrieb. Er rannte um den kleinen Süßwassersee herum zu Ninioq. Rasch machten sie das Frauenboot bereit, ruderten ein Stück in die Strömung und warteten.

Aber es kam keine Robbe. Das Meer war leer, so weit ihr Auge reichte, bis auf einige Treibeisbrocken und große Eisberge. Nachdem sie lange Zeit gewartet hatten, ruderten sie zurück und zogen das Boot an Land. Manik lief vor dem Zelt auf und ab, um seine Tränen vor Ninioq zu verbergen.

Ninioq jedoch, die nicht glauben konnte, dass eine Robbe so ohne weiteres mit der Fangblase verschwinden konnte, lief quer über die Insel zu der Bucht, wo Manik gewesen war. Und dort fand sie nach einigem Suchen das Tier, es lag an einem kleinen, steinigen Strand: Nicht die Strömung, sondern der leichte Wind hatte die Robbe an Land gebracht. Sie ging hinauf zu dem kleinen Süßwassersee, von wo aus sie das Zelt sehen konnte, und rief aus voller Kehle:

»Eine Robbe hat zweifelsfrei ihr Einverständnis zu erkennen gegeben, vom Großfänger Manik zerlegt zu werden!« Sie rief dies einige Male, bis es an Maniks Ohren drang, und sie lachte laut, als sie ihn über den Abhang stolpern sah.

Sie schleppten die Robbe vor das Zelt, und hier zeigte Ninioq dem Jungen, wie man sie zerlegte. Sie zerteilten das Fleisch, und Ninioq schnitt die Krallen der vorderen und hinteren Flossen und eine Locke von Maniks Haar ab. Dann gingen sie zusammen hinunter zum Meer und warfen die Krallen und die Locke hinaus aufs Wasser: Das war das Opfer des Jägers, der seinen ersten Fang gemacht hatte, das Opfer für die Seele der Robbe.

Später, als sie im Zelt am kochenden Topf saßen, erklärte Ninioq dem Jungen einige der Regeln, die ein Fänger beachten sollte, um nicht mit den Seelen der Tiere in Streit zu geraten. So sei es wichtig, sagte sie, dass er immer dafür sorge, sofort nach dem Fang etwas Wasser über das Maul der Robbe zu gießen. Bekanntlich seien Robben sehr durstig, ein Durst, der auch noch nach dem Tod anhalte. Ebenso müsse er dafür Sorge tragen, seine Harpune in die Nähe der Lampe zu stellen, denn noch eine Zeit lang nach dem Fang sitze die Seele des Tieres in der Harpunenspitze, und Wärme wisse eine Robbe immer zu schätzen.

Wenn es um Bären gehe, dürfe er drei Tage nach einer erfolgreichen Jagd nicht arbeiten, und wenn es ihm möglich sei, solle er für die Seele des Bären neue Sohlenfelle aufhängen, denn ein Bär wandere viel umher.

Bei Fischen musste man daran denken, sofort nach dem Fang die Eingeweide herauszunehmen und sie zurück ins Meer zu werfen. Dadurch bekamen die Seelen der Fische Gelegenheit, zu neuen Fischen zu werden; diejenigen allerdings, die man an Land liegen ließ oder die zurücktrieben, würden mit dem Körper der Fische sterben. Besonders wichtig war, den Schwertwal zu ehren, er war der Beschützer aller Fänger, obgleich er sich im Winter verwandelte und als Wolf im Land umherstreifte.

Manik hatte Ninioq aufmerksam zugehört. Er schaute nachdenklich auf den Topf, in dem das Robbenfleisch fast noch wie lebendig aussah. Es schwamm im kochenden Wasser auf und ab und gab einen ulkigen, schmatzenden Laut von sich, als koste es sich selbst. Bei diesem Geräusch lief Manik das Wasser im Mund zusammen. »Es gibt vieles zu bedenken«, murmelte er.

»Es gibt noch viel mehr«, entgegnete Ninioq. Sie stach mit dem kleinen Knochenstab, mit dem sie sonst die Flamme des Lampendochtes regulierte, ins Fleisch. »Ein tüchtiger Fänger weiß von allem viel. Er muss wissen, wie man vermeidet, die Mächte zu beleidigen, denn es ist wichtig, das Gleichgewicht zwischen sich und den Fangtieren aufrechtzuerhalten. Will man leben, muss man töten. Aber man muss dem, was man getötet hat, Ehrerbietung erweisen, und man sollte sich niemals über die letzten krampfhaften Zuckungen eines sterbenden Tieres lustig machen.«

Sie fischte ein leckeres Stück halb gares Fleisch heraus und reichte es Manik. »Auch mit Wind und Wetter sollte sich ein Fänger auskennen«, belehrte sie ihn. »Er muss wissen, dass große Schneeflocken ruhiges Wetter und kleine Sturm bringen. Er muss sich darüber im Klaren sein, dass Eis, welches die Fjorde verschließt, mit etwas Glück geöffnet werden kann, wenn man mit einem alten Menschenknochen darüber streicht. Und dann musst du den Robben zuhören, denn sie sprechen eine Sprache, die alle Fänger verstehen sollten: Sie erzählen von Regen, Kälte, Fangtieren, von Besuch und vielem anderen. Lerne den schwarzen Vogel verstehen, dann erfährst du vieles.« Sie schöpfte eine Portion der fetten Suppe in eine Holzschale und gab sie dem Jungen.

»Es kann auch von Nutzen sein«, sagte sie, »sich auf gewisse Lieder der Fangtiere zu verlegen. Dein Großvater Attungak und auch dein Vater lernten diese Art von Liedern, indem sie den Tieren zuhörten. Man weiß, dass Robben und auch Bären den Fängern oft bestimmte Lieder mitteilen, die einen ganz starken Eindruck machen. Und hat man sich erst einmal ein solch kostbares Lied angeeignet, dann sollte man es tunlichst für sich behalten, sonst kann es möglicherweise seine Kraft verlieren.« Sie hielt mit ihren abgenutzten Zähnen das Fleisch fest und trennte einen Bissen mit den Lippen ab. »Du solltest dir auch einige neue Amulette beschaffen«, fuhr sie fort. »Wenn du dir nützliche für den Amulettriemen ausdenken könntest, dann wäre das sicher gut. Denk daran, dass fast alles bedeutungsvoll sein kann, sogar deine Träume.«

Manik nickte, er aß mit Zurückhaltung, obgleich dies selbst gefangene Fleisch zu dem besten gehörte, das er bisher gegessen hatte. Doch es wäre unbescheiden, zu große Gier auf seinen eigenen Fang zu zeigen. Als er fast satt war, rülpste er vor Behagen und legte sich auf die Pritsche. Und während Ninioq die Lampe zur Nacht herrichtete, berichtete er noch einmal von der spannenden Jagd, diesmal auch von den Tränen, die er hinter dem Zelt vergossen hatte. Er bat Ninioq, Katingak von dem Fang zu erzählen, weil er es für prahlerisch hielt, selbst etwas so Alltägliches wie den Fang einer gescheckten Robbe zu erwähnen.

»Du musst es ihm ja nicht sofort erzählen«, sagte er. »Zuerst kannst du Ivnale das Fell geben, und dann, wenn ein Tag verstrichen ist, kannst du ihnen alles erzählen, falls sie fragen. Du sollst es so erzählen, als hätte ich einen Seeskorpion geangelt oder Möweneier gesammelt. Tust du das?« Er stützte sich auf den Ellbogen und schaute Ninioq gespannt an.

»Ich werde es schon richtig erzählen«, versprach sie, »so, wie man solche Dinge sagt.« Sie legte sich auf die Pritsche und zog das Fell über ihre Köpfe. »Erzähl mir alles noch einmal«, bat sie flüsternd im Dunkeln, »es ist wichtig, dass ich auch nichts vergesse.«

Das Jahr war nun schon so weit fortgeschritten, dass bald mit kräftigem Wind zu rechnen war. Ninioq wunderte sich, dass man sie immer noch nicht abholte, aber gewiss hatten die Fänger andere und wichtigere Dinge zu tun. Möglicherweise waren sie auf Walrossjagd oder hatten Narwale in einer Wune erlegt – oder sie hatten sich wegen des Hausbaus in der Wintersiedlung verspätet. Es war auch möglich, dass ein Wal irgendwo an der Küste gestrandet war und sie nun damit beschäftigt waren, das gewaltige Tier zu zerlegen und für diesen enormen Fleischvorrat Depots anzulegen. Vielleicht waren aber auch andere, unvorhergesehene Dinge geschehen – ein Gedanke, der sie wieder in Unruhe versetzte.

Das neue Eis war da, noch dünn und zerbrechlich. Aber es würde dicker werden, wenn das ruhige Wetter anhielt, und rasch so dick, dass es für die Kajaks zu gefährlich würde.

Der erste Sturm kam für Ninioq nicht ganz überraschend. Sie hatte das Zelt gesichert, indem sie schwere Steine auf die untersten Felle gelegt und die Zeltleinen so straff gespannt hatte, dass sie bei Berührung einen Ton von sich gaben. Das Frauenboot hatte sie kieloben gelegt und mit langen Riemen aus Walrosshaut vertäut.

Eines Tages, als sie und Manik auf dem Weg zu dem kleinen Süßwassersee waren, bemerkte sie über dem Inlandeis eine kleine, linsenförmige Wolke. Sie machte Manik darauf aufmerksam und erzählte ihm von dem großen Wind, der sich jetzt näherte. Piteraq, so nannte sie ihn, ein Wind, häufig genauso stark oder sogar stärker als der Nordwind im Winter. Sie beeilten sich, zurück zum Zelt zu kommen, schnürten den Eingang zu und begannen, alle wichtigen Habseligkeiten in Fellbeuteln zu verstauen und sie am Zeltgestell zu befestigen. Der Sturm kam rasch.

»Pitorapok«, flüsterte der Junge ein wenig eingeschüchtert. Ninioq nickte. »Ja, jetzt geht es los. Lass uns die Schlaffelle zusammenrollen und sie ganz oben am Zeltgestell befestigen.«

Der Sturm blies aus Westen. Er brauste mit unheimlicher Geschwindigkeit übers Eis. In wenigen Augenblicken brachte er das Meer zum Kochen, peitschte die Wellenkämme zu großen, grauweißen Schaumteppichen und trieb den Sprühnebel vom Meer weit ins Land hinein. Mit seiner ganzen Wucht warf er sich über die flachen Klippen der Insel und auf das zerbrechliche Zelt.

Ninioq und der Junge spürten, wie der Fels unter der schweren Dünung bebte, und sie sahen, wie die Zeltwand mit Gewalt gegen die Holzkonstruktion gepresst wurde. Schnell banden sie Riemen um das Zeltgestell, und Ninioq legte sich ihr breites Stirnband um den Hals. Sie befestigte einen Riemen um

Maniks Leib und band ihn an ihr Handgelenk. Sollte das Schlimmste passieren, war es wichtig, dass sie zusammenblieben.

Der Sturm heulte und pfiff mit tausend Stimmen. Er pfiff in den Zeltleinen und knurrte wütend durch das Rauchloch. Ein eiskalter Luftzug fegte unter der Zeltwand durch und über den Fußboden, und das hölzerne Gerüst knackte und stöhnte unter dem enormen Druck.

Die Stärke des Sturms war unvorstellbar. Die Stöße wurden heftiger und kamen in immer dichterer Folge; Ninioq blickte unverwandt auf die Nähte der Zeltwand. Die Sehnen ächzten bei jedem Stoß. Sie hatte alles sorgfältig genäht, das wusste sie, aber dieser Sturm war unerbittlich, selbst die besten Nähte konnten ihm nicht trotzen.

Manik, der viele Stürme erlebt hatte, aber immer in einem festen Winterhaus, drückte sich erschrocken an Ninioq. Er rief ihr etwas zu, um die dröhnende Stimme des Sturms zu übertönen, aber sie hörte ihn nicht. Sie starrte auf die Zeltwand, sah, wie die ersten Felle an den Nähten aufrissen, und vernahm einen scharfen Knall und ein unheimliches Pfeifen. Die Zeltwand barst auf, der Wind ließ alle Leinen reißen und blähte das Zelt augenblicklich zu einem gewaltigen Ballon auf. Wie in einem Sog wirbelte es hoch und verschwand über ihren Köpfen.

Ninioq warf sich zu Boden und zog Manik mit

sich. Der Sturm riss wild und unbarmherzig an ihren Körpern, und ihr mit dem Zeltgestell verbundenes Stirnband begann sie zu würgen. Es gelang ihr, es über ihre Brust zu schieben, und sie versuchte, die Augen zu öffnen. Aber der Wind stach wie mit Nadeln, alles verschwand im Sprühnebel des Meeres. Es war unmöglich, auch nur eine Armlänge weit zu sehen, und sie konnte nicht ausmachen, ob das Frauenboot das gleiche Schicksal erlitten hatte wie das Zelt. Es war undenkbar, sich zu erheben. Wenn man vom Wind erst erfasst würde, dann würde man quer über die Insel und hinaus aufs Meer geblasen. Sie zog den Jungen mit dem Riemen an sich und schrie mit der vollen Kraft ihrer Lungen: »Steh nicht auf, halt dich an mich.«

Wie lange sie über die Erde krochen, wusste sie nicht. Unzählige Male erfasste sie der Wind, rollte sie ein Stück zurück, bis sie an einem Felsbrocken oder einem großen Stein hängen blieben. Die Stöße waren nach wie vor kräftig, aber nicht mehr ganz so häufig, kam es Ninioq vor. Sie kroch blind, besaß aber ein sicheres Gefühl dafür, wo die Fleischhöhlen lagen. Die Luft war dick vom Sprühnebel des Salzwassers, der in den Augen biss, wenn sie sie öffnete, und Kieselsteine und losgerissene Pflanzen peitschten hart ihr Gesicht. Sie zog den Jungen und das Zeltgestell hinter sich her, fühlte aber seltsamerweise keine Müdigkeit. Trotz der Gefahr, aufs Meer hinausgeblasen zu werden, war sie fast freudig erregt. Denn dies war ein Kampf, den sie kannte, einer, der zu allen Zeiten zwischen Mensch und Natur ausgetragen wurde. Er war so weit entfernt von dem Kampf, den die schweren Gedanken für sie bedeuteten und bei dem sie keine Möglichkeit hatte, sich zu wehren, weil sie den Gegner nicht kannte.

Plötzlich wusste sie, dass sie sich an einer der Höhlen befanden. Sie tastete über den Fels und fand die flachen Steine, die vor dem Eingang aufgeschichtet lagen. Rasch nahm sie so viele ab, dass sie hineinkriechen konnten, legte die Steine wieder an ihren Platz, so gut es von innen möglich war, und stopfte das verbliebene Loch mit einem Fell zu.

Beide bluteten sie an mehreren Hautabschürfungen, und Manik kroch zu ihr und weinte vor Angst. Sie nahm ihn fest in den Arm und ließ ihn weinen.

Nach diesem Sturm würden die Kajaks kommen. Sie würden von der Siedlung abfahren, bevor er sich noch gelegt hätte, voller Ungeduld zu erfahren, ob die beiden auf der Insel unversehrt geblieben waren. Und sie würden mit dem Rest des Fleisches das Frauenboot beladen, wenn dies nicht ins Meer geblasen worden war, und zum Lager zurückrudern. Alles würde so wie sonst sein, und nach einiger Zeit hätten sie den Sturm vergessen. Sie ließ den Jungen einen Augenblick los, um die Schlaffelle in der Höhle auszulegen. Sie waren an den Rändern durchgeweicht, aber nicht zu nass, um sie zu benutzen. Sie legte sich mit dem weinenden Jungen hin und lauschte dem gedämpften Geräusch des Unwetters.

Am nächsten Abend legte sich der Sturm so plötzlich, wie er aufgekommen war, und als Ninioq die Steine vom Eingang wälzte, schien ihnen die Abendsonne ins Gesicht. Sie krochen aus der Höhle, um die Glieder zu bewegen, und Ninioq bemerkte zu ihrer Erleichterung, dass das Frauenboot noch an seinem Platz lag.

Die drei Höhlen am Strand wurden sorgfältig überprüft, und Ninioq wählte die größte als Wohnung aus. Sie war fast quadratisch mit einem länglichen, ovalen Eingangsloch, dessen Unterkante ein wenig über der Erde lag. Mit den Steinen, die vor der Höhle lagen, baute sie eine Pritsche, auf die sie zusammengebundenes Heidekraut und Felle legte.

Ninioq packte ihre Habe aus und sah, dass Lampe und Töpfe im Fellbeutel die harten Schläge heil überstanden hatten. Sie ließ sich von dem Jungen beim Feuermachen helfen: Er drückte den Bohrer fest in den Holzklotz, sie versetzte diesen mit einem Lederband in Rotation. Sobald sich im Holzmehl im Klotz Funken bildeten, fächelte sie die Glut mit einem Möwenflügel, und als sich genug Glut gebildet hatte, kratzte sie diese in ein wenig trockenes Moos, das rasch Feuer fing. Sie brachte fein ausgeklopften Speck an die schwache Flamme und legte das Feuer vorsichtig in die Lampe. Als die Lampe mit mehreren Dochten brannte, hängte sie den Topf darüber und änderte die Neigung des Dreibeins ein wenig, sodass der Tran beständig an die Dochte floss.

Während sie warteten, dass das Wasser im Topf kochte, schnitten sie ein Fell in der Form des Eingangslochs zu und verkeilten es in Spalten in der Wand.

Die Wärme der Lampe vertrieb die Feuchtigkeit aus der Höhle, und Ninioq fand es fast genauso freundlich wie vorher im Zelt. Hier konnte sie weder das Meer noch der Wind erreichen, und solange sie Speck hatten, konnten sie die Wärme leicht halten.

Manik schlief erschöpft ein, nachdem er lange den Verlust seiner Harpune beweint hatte. Ninioq setzte sich vor die Höhle. Die Wolken hatten wieder begonnen dahinzujagen, schwarz und eindrucksvoll. Hin und wieder gewahrte sie das Blinken eines Sterns, und zum Süden hin, fast auf dem Horizont ruhend, lag die halbe Scheibe des Mondes wie ein gelbes, leuchtendes Boot auf einem unruhigen Meer.

Sie hörte die tiefen Atemzüge des Jungen hinter sich und fühlte sich entsetzlich müde. Die Verantwortung für ihn war fast mehr, als sie tragen konnte. Es würde eine Erleichterung sein, sie wieder abzugeben, wenn die Männer in den Kajaks kamen. Sie lehnte sich an den Fels und zog die Beine an. Ihre Gedanken gingen träge, ihr Kinn sank in kleinen Rucken auf die Brust, und sie atmete mit kurzen Zügen durch den halb offenen Mund. Ninioq schlief.

6

Das Jahr näherte sich rasch der dunklen Zeit. Zweimal hatte es geschneit, der Schnee wurde vom Nordwind allerdings wieder weggeblasen oder schmolz in der klaren Herbstsonne. Der kleine Süßwassersee war zugefroren, Manik musste jeden Tag das neue Eis aufhacken, um Trinkwasser zu holen, und der kleine Bach, der aus dem See nach Westen floss, war versiegt.

Sie hatten nur noch wenig Speck, um die Lampenschale zu füllen; Ninioq beschloss, die Lampe nur noch zum Kochen zu benutzen. Das führte dazu, dass die Läuse noch lästiger als sonst wurden. Solange sie sich nackt im Zelt und der Höhle aufgehalten hatten, konnten sie die kleinen Plagegeister im Zaum halten, aber jetzt, da sie ihre Kleider beim Schlafen anbehielten, breitete sich das Ungeziefer aus.

Das Leben auf der Insel wurde immer beschwerlicher. Die Nächte waren lang und kalt, und der Frost biss sich fest und ließ die Natur allmählich erstarren. Die Luft war von den Geräuschen fortziehender Vögel erfüllt, von den raschen Flügelschlägen der Trottellummen und Alke und dem gleichmäßigen Rauschen der Gänse, die in Keilformation vorüberflogen. Der Junge und Ninioq schauten den Vögeln hinterher. Einige zogen nach Süden in unbekannte Gegenden, andere zogen nordwärts, um auf dem großen Meer zu überwintern. Bald würden auch diese Geräusche verstummen, es würde für eine lange Zeit still sein.

Ninioq sehnte sich nach dem Festland. Sie konnte nicht verstehen, dass sie die Fänger im Stich ließen, denn Katingak hatte fest versprochen, sie vor der Beerenernte zu holen. Aber jetzt war auch diese herrliche Arbeit vorbei. Die Beeren hatten Nachtfrost bekommen, und, obgleich sie dadurch noch süßer und wohlschmeckender geworden waren, hatte man das Sammeln schon lange eingestellt.

Ninioq vermisste auch die Gesellschaft von Menschen. Gerade jetzt war die Aufbruchszeit, eine Zeit, die man gerne ein wenig in die Länge zog, weil man die frohen Sommermonate nicht so leicht loslassen wollte. Der Raureif bestäubte jetzt jeden Morgen die Zeltwände, man schlief dort ebenfalls in den Kleidern, weil es nachts kalt in den Zelten war. Die Abende verbrachte man um große Feuer aus Heidekraut, und man veranstaltete Sängerfeste, um den schwindenden Sommer zu verabschieden.

Ninioq hatte den Herbst immer gern gehabt. Es war die Zeit, in der alles am schönsten war. Die Heide blühte violett und duftete Schwindel erregend, das Meer nahm die Farbe des tiefblauen Himmels an, das Licht war stark und die Luft klar. Es war eine etwas wehmütige Zeit, doch sie hatte immer noch viel von den Freuden des Sommers.

Jetzt kämpften die massigen Moschusochsen um die Weibchen, dass es in den Tälern nur so krachte, und viele Tiere wechselten ihr sommerbraunes Kleid gegen den weißen Pelz des Winters aus. Die Luft war scharf und voller Düfte und so klar, dass man weit entfernte Berge sehen konnte. Im Herbst war das Meer freigebiger als im Sommer: Es war voller Walrosse und Narwale und kleiner, fetter Robben. Ja, der Herbst war schön. Und obgleich es schwer war, die Zelte aufzugeben, freuten sich die Menschen dennoch auf die Geborgenheit der Gemeinschaftshäuser.

Vielleicht waren sie ja gerade damit beschäftigt, die Frauenboote zu beladen, weil sie ausfahren wollten, um die Hunde und die beiden Inselbewohner für die Reise nach Inugsuk einzusammeln. Das war sicher der Grund dafür, dass sich die Kajaks noch nicht gezeigt hatten. Tag für Tag gingen Ninioq und Manik zum höchsten Punkt der Insel und schauten hinüber zum Festland. Aber dort waren keine Kajaks, keine Frauenboote, keine Geräusche, die vom Abholen kündeten. Nur schreiende Vögel, die niedrig über das ruhige Wasser strichen.

Sie froren und warteten, und dann, eines Tages, verlosch die Lampe, weil kein Tran mehr da war. Da begriff Ninioq, dass sie den Stamm selbst aufsuchen mussten. An einem frühen Morgen, noch in der Morgendämmerung, brachten sie das Frauenboot zu Wasser und beluden es mit ihren Habseligkeiten, die sie in der Höhle aufbewahrt hatten. Das getrocknete Fleisch in den beiden kleineren Höhlen ließen sie liegen. Das sollten die Fänger mit Hundeschlitten holen, wenn das Eis dick genug war und trug. Um die Außenhaut des Bootes vor dem scharfen Neueis zu schützen, hängte Ninioq die Haut der Bartrobbe, die zuvor den Eingang der Höhle abgeschirmt hatte, in der Wasserlinie vor den Steven.

Es herrschte ruhiges Wetter, als sie von der Insel fortruderten. Der Himmel erschien unendlich hoch, eine dunkle, glatt geschliffene Schale, in der die Sterne leuchteten – wie kleine, lockende Eingänge in eine strahlende Welt, die weit entfernt lag.

Manik war voller Aufregung und ruderte so schnell, dass Ninioq Mühe hatte, Takt zu halten. Sein kleines Gesicht leuchtete vor lauter Vorfreude. Endlich konnte er alle seine Erlebnisse loswerden: den Sturm, das Leben in der Höhle und den Robbenfang. All dies sollte nun den Freunden in der Siedlung erzählt werden, die den ganzen Sommer über ein normales Leben geführt hatten. Er würde ihnen seine Fertigkeit mit der Harpune zeigen und all das noch einmal erzählen, was Ninioq ihn über die Regeln beim Fang gelehrt hatte. Ja, er hatte etwas gelernt in diesem Sommer und würde jetzt endlich sein Wissen mitteilen können.

Ninioq ruderte mechanisch und ließ den Gedanken ihren Lauf. Zum Land hin nahmen die Berge Form an. Der Himmel glühte als schmaler Saum über dem Meer, und langsam ergoss sich das Sonnenlicht in die dunkle Himmelsschale. Das Zwielicht über den Bergen verwandelte sich in eine kalte, graue Helle, in der alles scharf und deutlich hervortrat.

Der Frost biss bei jedem Atemzug kräftig in die Lungen, und die vordersten Glieder der Finger, die sich um das Ruder legten, waren kalt und steif. Es war ein schöner Morgen. Ein Morgen, über den sich ein Inuit nur freuen konnte, denn es herrschte Reisewetter und es war noch möglich, sich im Freien durch körperliche Arbeit warm zu halten. Ninioq horchte auf das Knistern und Klirren des Neueises, das mit dünnen Schollen am Boot schrammte. Ein Geräusch, das sie oft gehört hatte, wenn die Kajaks spät im Jahr nach mehrtätigem Fang heimgekehrt waren.

Einige Möwen kreisten über dem Boot. Manik winkte ihnen zu und lockte sie mit Pfiffen an. Aber sie stiegen in großen Spiralen hoch übers Meer, bis die Sonnenstrahlen sie erfassten und sie schwarz und unsichtbar machten.

Sie waren lange gerudert und machten Rast, um ein paar getrocknete Lodden zu essen. Manik kaute langsam und sorgfältig, als würden ihm Lodden nicht mehr schmecken.

»Wie kommt es, dass einem ein Geschmack widerlich wird, den man sonst so gerne mochte?«, fragte er verwundert.

Ninioq wärmte einige kleine Fische zwischen den Handflächen, um den Frost auszutreiben. Sie hatte große Mühe, in gefrorenes Fleisch zu beißen, ihr Gaumen fing dann oft an zu bluten.

»Weil es so viele Arten von Fangtieren gibt«, sagte sie. »Wenn einem das, was am besten schmeckt, nicht irgendwann einmal über wird, würde man doch nie etwas anderes fangen, und dann gäbe es von diesen Tieren eines Tages keine mehr.«

Manik biss von einem Fisch den Kopf ab und führte ihn mit der Zunge im Mund herum. Im Grunde war der Geschmack immer noch gut, aber er hatte ihn in der letzten Zeit wohl zu oft auf der Zunge gehabt. Er hatte Lust auf einen anderen Geschmack, auf Beeren und Blumen, Innereien und frisches Fleisch. Den größten Appetit verspürte er auf die Eier der Seeschwalben, die Eier mit dem roten Dotter, die er zu Beginn des Sommers gesammelt hatte.

»Es ist seltsam«, sagte er, »dass alles verschieden schmeckt, meinst du nicht auch? Aber das ist auch schön!«

»Dadurch entsteht die Lust am Essen«, entgegnete Ninioq. Sie schaute auf die Lodden zwischen ihren Handflächen. »Ich hätte jetzt gerade Appetit auf eine Hand voll Blaubeeren.«

»Ich hätte Lust auf Seeschwalbeneier«, sagte der Junge.

Ninioq lachte. »Und ich auf eine feine, kleine Leber.«

»Oder Mattak«, schlug der Junge vor.

»Ja, und Robbenflossen und gefüllter Darm«, ergänzte Ninioq.

»Oh, auf wie viele Dinge wir doch Appetit haben.« Manik machte ein verdutztes Gesicht. »Denk dir, es gibt so viel Verschiedenes zu essen. Kann man jedes Fleisch essen, Ninioq?«

»Fast alles«, antwortete sie. »Bei manchem muss man allerdings aufpassen. Von Bärenleber zum Beispiel darf man nur ein kleines bisschen essen, andernfalls kann man sterben, und Haifleisch ist giftig. Kocht man es aber dreimal hintereinander immer wieder in frischem Wasser oder lässt es an der Luft trocknen, verschwindet das Gift, und es wird genießbar.«

»Wie ist es mit Menschenfleisch?« Manik guckte Ninioq aus den Augenwinkeln an.

Sie hörte auf zu lächeln. »Warum fragst du danach?«

»Oh, ich möchte es gerne wissen«, antwortete er.

Ninioq legte den Fisch wieder in den Fellbeutel und nahm ihr Ruder. Manik tat dasselbe. Weiter sagte er, ohne sie anzublicken: »Avgo sagt, dass du und Attungak einmal Menschenfleisch gegessen habt. Er hat seine Eltern auf der Schlafpritsche darüber reden hören.«

Ninioq zog kräftig am Ruder. »Und was hast du geantwortet?«

»Man hat ihm die Mundwinkel gezogen, bis sie bluteten«, kicherte er, »und sie sagten, er wäre ein altes Weib, das herumläuft und klatscht. Hast du, Ninioq?«

»Was habe ich?«

»Von diesem Fleisch gegessen?«

Ninioq lehnte sich auf das Ruder und schaute den Jungen erneut an. »Ja, man hat einmal Menschenfleisch gegessen. Attungak, Akutak und ich haben es getan.«

»Schmeckte es auch anders?«

Sie rieb ihren Handrücken mit den kalten Fingerspitzen. »Das ist schon so viele Jahre her, und meine Gedanken haben sich mit anderem beschäftigt, weil man es am besten vergessen sollte.«

Der Junge sah sie bewundernd an. »Habt ihr den Menschen getötet, oder wie war das? So wie der

Mann des ›Kochlöffels‹, von dem du erzählt hast, der alle Menschen, die ihm über den Weg liefen, erschlug?«

Ninioq schüttelte den Kopf. »Nein, Manik, keiner von uns erschlug diesen Menschen. Es war in einem der Jahre, in denen der Hunger viele Menschen dahinraffte. Wir wohnten in einer Siedlung südlich von Umivik, und es gab den ganzen Winter keinen Fang. Einige Menschen waren schon tot, die übrigen lagen in den Häusern und warteten auf den Tod. Nur Attungak und Akutak waren noch stark genug, auf die Jagd zu gehen. Sie gingen jeden Morgen hinaus, um nach Fangtieren Ausschau zu halten, aber schließlich waren auch sie so entkräftet, dass sie sich beim Gehen auf einen kleinen Kinderschlitten stützen mussten, den sie vor sich herschoben. Eines Tages schlug Attungak vor, im Rentiertal zu suchen, wo man im Herbst viele Moschusochsen gesehen hatte. Er und Akutak sowie Akutaks Frau und ich zogen los. Der Schnee war tief, jeder Schritt bedeutete eine unerträgliche Qual. Man hatte das Gefühl, dass die Knochen aneinander scheuerten, und schon nach einem Tag waren unsere Kniescheiben doppelt so groß wie sonst.

Zwei Tage von der Siedlung entfernt starb Akutaks Frau. Sie lag auf dem Schlitten und flehte uns an, ihr Fleisch zu benutzen, wenn sie ihren letzten Atemzug getan hätte. Und weil wir fürchterlich hungrig waren, willigten wir ein. Vielleicht hätten wir es auch ohne ihren Wunsch getan, so wahnsinnig vor Hunger waren wir. Akutak schnitt die fleischigen Teile aus ihr heraus, solange sie noch warm war.«

Ninioq senkte den Kopf und überließ sich ein wenig der Erinnerung. Als sie wieder redete, tat sie es mehr zu sich als zu Manik. »Man versuchte, von dem noch warmen Fleisch zu essen, aber es war ganz unmöglich. Nur ein kleines bisschen von ihrer Leber bekam man hinunter, das war nötig, um die Seele der Verstorbenen zufrieden zu stellen. Wir saßen im Schnee und warteten, bis das Fleisch gefroren war. Dann schnitten wir es in dünne Scheiben, die wir verschlangen.«

Sie schnäuzte über den Bootsrand und wischte sich mit dem Anorakärmel die Nase. »Das war sehr beschämend, eines anderen Menschen Fleisch zu essen, und wir wagten nicht, einander in die Augen zu sehen. Man weinte ein bisschen, und ich hörte auch meinen Versorger und Akutak weinen. An diesem Tag aßen wir nur ganz wenig, denn es ist für einen Hungernden gefährlich, sich seinen Magen zu füllen. Als wir fertig waren, legten wir uns dicht zusammen und schliefen im Schnee, ein Stück von der Leiche entfernt. So lagen wir zwei Nächte, aßen ab und zu von dem Fleisch, das wir genommen hatten. Am dritten Tag fühlten wir uns kräftig genug, weiterzuziehen, und es war eine Erleichterung, den Ort zu verlassen, an dem Akutaks Frau umgekommen war.«

Der Junge lauschte Ninioq mit offenem Mund. Was sie erzählte, war ganz unvorstellbar, sie hatte wirklich alles ausprobiert. »Was geschah dann?«, flüsterte er atemlos.

»Ja, dann geschah etwas ganz Märchenhaftes«, antwortete Ninioq. »Eine große Bartrobbe kam auf uns zugewandert.«

»Aber Bartrobben sind Seetiere«, protestierte der Junge, »sie leben im Meer, Ninioq, und wandern nicht an Land.«

Ninioq schaute auf. Sie ergriff wieder das Ruder, und sie legten sich in die Riemen. »Doch, diese Bartrobbe tat es«, entgegnete sie, »und sie war schon lange gewandert. Sie war tief in einem Fjord gewesen, als die scharfe Kälte alle Eislöcher und Wunen schloss. Und so war sie auf das Eis gekrochen, um über Land offenes Wasser zu erreichen. Ihre Bauchseite war durch das Kriechen über die lange Strecke blutig, sie war mager und entkräftet und leistete nicht den geringsten Widerstand, als ihr Akutak mit der Lanze den Kopf durchbohrte.«

Manik nickte ernst. »Das war ein Glück mit dieser Bartrobbe«, meinte er, »denn sonst hätten Katingak und du sicher Akutak töten und essen müssen, um mehr Fleisch zu bekommen.«

»Vielleicht.« Ninioq lächelte. »Aber nun hatten wir ja Robbenfleisch, und das schmeckte, das kannst du glauben. Nie zuvor hat mir Robbenfleisch so geschmeckt wie damals.«

»Aber das andere Fleisch, von dem wir gesprochen haben, das von Akutaks Frau, wie schmeckte es denn?«

»Daran erinnere ich mich nicht mehr so genau. Vielleicht wie Bärenfleisch, nur etwas süßer. Man will sich nicht mehr daran erinnern. Und außerdem verschlang man es in gefrorenem Zustand, sodass es nicht viel Geschmack besaß.«

Die Erklärung stellte den Jungen zufrieden. Er wusste aus eigener Erfahrung, dass rohes, gefrorenes Fleisch nicht denselben kräftigen Geschmack wie halb gekochtes oder fauliges besaß. Er schaute Ninioq von oben bis unten an.

»Man sieht es dir nicht an«, sagte er dann.

»Was kann man nicht sehen?«

»Dass du von dem erwähnten Fleisch gegessen hast. Avgo sagt, wenn ein Mensch solches Fleisch gegessen hat, kann man es von außen erkennen.«

»Das ist schon möglich, bis der Mensch selbst dieses Geschehnis vergessen hat«, antwortete Ninioq. »Vielleicht konnte man es mir damals ansehen; ich weiß es nicht, weil es niemand erwähnte.«

Sie ruderten schweigend weiter. Ninioq dachte voller Dankbarkeit an Akutaks Frau; weil diese gewollt hatte, dass ihr Fleisch genommen wurde, war sie, Ninioq, in der Lage gewesen, ein langes und schönes Leben zu haben. Wegen dieses Opfers durfte sie erleben, wie Kinder und Kindeskinder heranwuchsen, und es hatte ihr und Attungak ein besonderes Verhältnis zu Akutak verschafft, weit mehr als eine normale Freundschaft.

Das Boot glitt leicht und hoch durchs Wasser, und das Neueis klingelte feierlich, wenn es unter dem Bug zerbrach. Als die Sonne sehr hoch am Himmel stand, hörten sie von einer der kleinen Inseln, die draußen vor der Küste lagen, ganz schwach ein vielstimmiges Heulen.

Manik stand auf und hielt horchend beide Hände hinter die Ohren. »Es muss diese Insel dort sein, die Hundeinsel«, sagte er und wies in die Richtung. »Ich kann Najak hören, das ist ganz sicher Najak.«

Ninioq lauschte, konnte jedoch Najaks Heulen aus dem der anderen nicht heraushören. Aber sie glaubte Manik gerne. Er hat die kleine Hündin als Welpe vor zwei Jahren bekommen, und sobald sie selbst Welpen warf, wollte er sein eigenes Gespann haben.

»Wir können ja hinrudern und sie mitnehmen«, schlug Manik vor. »Katingak wird sich bestimmt freuen sie wiederzusehen, glaube ich.«

Ninioq lachte. »Es kann auch sein, dass sich ein gewisser Sohn Katingaks noch mehr freuen wird, seinen Hund wiederzusehen.« Sie gab ihm einen Klaps auf den Hosenboden.

»Es ist möglich, dass sie Welpen hat«, sagte er, »dann bekomme ich ein Gespann fürs Frühjahr. Sollen wir sie nicht mitnehmen, Ninioq?«

Ninioq zog ihn auf die Ruderbank. »Wenn wir zur Hundeinsel wollen, dann müssen wir auch rudern«, sagte sie. »Solange du dastehst und gaffst, kommen wir nicht von der Stelle.«

Bald waren sie so nahe, dass sie die Hunde sehen konnten, die in einer Gruppe zusammenstanden und zum Boot hinausjaulten. Ihre Sehnsucht nach Menschen war ebenso groß wie die Ninioqs und des Jungen: Den ganzen Sommer hatten sich die Hunde auf der kleinen Insel aufgehalten und sich von dem ernährt, was sie finden konnten. Sie waren halb wild vor Hunger und verbanden den Anblick der zwei im Boot mit Futter.

Die Hunde beobachteten die Bewegungen des Bootes. Sie liefen am Strand entlang und stoppten, als das Frauenboot fünfzig Meter vom Stand entfernt liegen blieb.

»Dort ist Najak«, rief Manik begeistert, »und sie ist ein bisschen dick, Ninioq, sieh nur, wie dick sie ist!«

»Ja, das Fressen wird es wohl nicht sein, was sie dick gemacht hat«, lächelte Ninioq, »sie trägt vielleicht trotz allem Welpen. Schau, ob du sie locken kannst, hierher zu schwimmen, denn wir können nicht näher an die Küste heran.«

»Warum nicht? Hier gibt es keine Schären!«

»Wir können nicht alle Hunde mitnehmen«, entgegnete Ninioq. »Sie wollen alle mit uns zurück, und sie reißen mit ihren Krallen unter Umständen Löcher in die Bootshaut.«

Manik rief und pfiff seiner Hündin. Er rief ihr alle Kosenamen zu, die er in den zwei Jahren benutzt hatte, und all die Schimpfworte, die er bei den erwachsenen Fängern aufgeschnappt hatte. Najak watete ohne Zögern ins Wasser und schwamm zum Boot. Aber viele der anderen Hunde folgten ihrem Beispiel. Sie knurrten und schnappten vor lauter Eifer, als Erste anzukommen. Ninioq nahm ihr Ruder aus dem Gurt, um die nicht erwünschten Hunde zurückzustoßen.

Manik zog seine triefnasse Najak an Bord und wriggte das Boot rasch vom Ufer weg, während Ninioq die schwimmenden Hunde wegschob. Erst als sie einige hundert Meter draußen waren, setzte sie sich wieder auf die Ruderbank.

»Sie macht nicht allzu viel her«, sagte sie zu Manik, der auf den Knien lag und die Hündin mit seinen Fellhandschuhen abrieb.

»Aber sie wird Welpen haben«, triumphierte er. »Vater sagt, sie würde wohl nie welche bekommen, aber sieh dir ihre Warzen an, guck mal, Ninioq.«

»Ja, ja, da«, Ninioq nahm ein paar Lodden und warf sie dem Jungen zu. »Dann kann man vielleicht im Frühling mit einem tüchtigen Fänger fahren. Es wird lustig sein, wieder auf dem Schlitten eines Großfängers zu sitzen.«

Der Junge lachte glücklich und strich sanft über Najaks Bauch, in dem sein zukünftiges Hundegespann heranwuchs.

Am frühen Nachmittag umrundeten sie die Landspitze, hinter der die Ansiedlung verborgen lag. Najak hatte sich im Bug aufgestellt, jede Pfote auf einer Bootsseite, und schaute ebenso erwartungsvoll zum Land hin wie die beiden Ruderer.

»Sieh, dort liegen die Zelte!«, rief Manik. »Jetzt sind wir bald da.«

Ninioq drehte sich zum Land um und schirmte die Augen mit der Hand ab. »Jetzt sieht man sie«, entgegnete sie, »so sind sie also noch nicht hinunter nach Inugsuk gezogen.«

Najak bewegte sich unruhig. Sie schnupperte eifrig zum Land hin, bekam die Witterung der Zelte und begann jämmerlich zu heulen.

Zweiter Teil

7

Die Siedlung bot noch das gleiche Bild wie bei ihrer Abreise. Der Hang zum Fjord lag in der vollen Nachmittagssonne, und die Farben der Berge verschluckten die großen Zelte fast. Die Schatten der Kajaks und Fleischgestelle fielen lang und dünn zu den Felsen hin, und die schweren Steine der Fleischgruben wölbten sich wie schwarze Hügel aus der Erde.

Manik rief und winkte aufgeregt. Hier kam ein Inuit, der den ganzen Sommer auf Reisen war. Hier kam ein Fänger von einer langer Fahrt zurück. Er war so voller Eifer, dass er sein Ruder beinahe ins Wasser fallen ließ.

Aber nur sein Echo gab ihm Antwort. Niemand kam aus den Zelten, kein Kind hatte sie vom Felsausguck angekündigt, und keine Alten kamen zum Strand gehumpelt, um sich nach Neuigkeiten zu erkundigen. Die Siedlung war wie ausgestorben.

Sie ruderten an Land und zogen das Boot ein

Stück auf den Strand. Ninioq nahm den Jungen an die Hand, und sie gingen zusammen hoch zu den Zelten. Sie verspürte Unruhe, diese erschreckende Unruhe, die vor etwas Neuem und Fremdem warnte. Manik war vor Enttäuschung dem Weinen nahe.

»Wo sind sie denn alle?«, fragte er. »Warum ist denn niemand draußen, um uns zu begrüßen?«

»Sie sind vielleicht im Hinterland«, entgegnete Ninioq. »Oder sie sind auf Walrossjagd. Kann sein, dass heute niemand zu Hause ist.«

Aber sie fühlte, dass es nicht wahr war. Sie spürte, dass etwas geschehen war, es musste einen anderen Grund für diese Stille geben. Man ging nicht mehr ins Hinterland auf Jagd, denn die Rentiere waren vor vielen Jahren schon verschwunden, und man ging keinesfalls mehr in anderen Fjorden auf Jagd, ohne die Kajaks und Frauenboote mitzunehmen. Es musste etwas Schlimmes geschehen sein, das die ganze Siedlung hatte flüchten lassen.

Sie erreichten Katingaks Zelt. Ninioq rief, aber es kam keine Antwort. Das Fell, das vor dem Eingang hing, bewegte sich träge im schwachen Wind, der vom Meer wehte. Aus dem Zelt drang ein scharfer und süßlicher Geruch. Ninioq kannte ihn. Sie wusste augenblicklich, wovor der Geruch warnte. Ihr ganzes Leben lang war ihr dieser fade, leicht stechende Geruch immer wieder begegnet: der Geruch des Todes.

»Bleib hier«, sagte sie zu dem Jungen. Sie schob ihn zur Seite, und er hörte aus ihrer Stimme, dass etwas Ungewöhnliches bevorstand, und erhob keine Einwände. Er ging zum Frauenboot zurück, wo Najak angebunden war.

Als das Eingangsfell hinter Ninioq wieder herunterfiel, war es fast dunkel im Zelt. Nur ein schwacher Streifen Licht sickerte vom Rauchloch herab, und sie blieb einen Augenblick stehen, um sich an das Halbdunkel zu gewöhnen. Langsam traten die Einzelheiten im Zelt hervor, und da begann sie laut zu wehklagen.

Vor ihren Füßen lag Katingak. Er lag mitten im Zelt, gekrümmt, die Knie ganz an die Brust gezogen. Sein Gesicht, das in dem schwachen Lichtkreis des Rauchloches lag, war verzerrt, als hätte er vor seinem Tod noch fürchterlich gelitten. Sein Hals und der nackte Oberkörper waren mit großen, eingetrockneten Wunden übersät, tiefe Krater, die aussahen, als stammten sie von aufgeplatzten Geschwüren. Ninioq spürte, wie ihr kalter Schweiß auf Stirn und Handflächen trat. Sie stand versteinert und starrte auf ihren Sohn. Seine Augen sahen an ihr vorbei, völlig ohne Leben, und sein Mund war zu einem hässlichen Lachen aufgerissen, es war überhaupt nicht seines, sondern es gehörte zu dem Schrecklichen, das ihm zugestoßen war.

Sie kniete nieder und berührte seine Brust. Sie

war kalt und fremd, ohne die weiche, warme Haut, die sie so gut kannte. Sie merkte, wie es ihr den Hals zuschnürte und Tränen in ihre Augen traten.

Einen gewaltsamen Tod hatte er erlitten, Katingak, der liebste und sanfteste Mann des Stammes. Sie beugte sich ganz zu dem toten Körper hinunter und bewegte sich jammernd vor und zurück. Ihr dünnes, graues Haar strich über sein entstelltes Gesicht. Dies war ihr Kind, Attungaks und ihr Junge, der Letztgeborene, den sie im Leben mehr als alles andere geliebt hatte. Bilder jagten wie Blitze durch ihr Hirn. Ein Gewirr von Bildern, in denen Katingaks Gesicht sich ständig vergrößerte, bis es schließlich alles andere verdeckte.

Dieser Tod war schlimmer als jeder andere. Schlimmer als der Tod auf dem Meer oder im Eis oder von Mörderhand. Dies war der Tod, der von den Unbekannten, den Mächten gebracht wurde, vor denen sie sich lange Zeit gefürchtet hatte; sie waren die Ursache ihrer quälenden Unruhe.

Sie hob ihren Blick auf zur großen Schlafpritsche. Dort lagen Ivnale, die beiden jüngsten Mädchen und der Junge mit dem Namen der Strotzende. Alle waren sie völlig nackt. Nicht einmal ihr kleines Haushöschen trug Ivnale. Ninioq sah, dass ihr Bein und der Schoß mit Geschwüren der gleichen Art wie Katingaks übersät waren, und sie bemerkte rote Streifen eingetrockneten Blutes in den Mundwinkeln. Das älteste der Mädchen lag da, die Hände in einem Griff um den Hals erstarrt, als hätte sie sich selbst erwürgen wollen, um den Schmerzen ein Ende zu bereiten, diesen Schmerzen, die immer noch in ihren aufgerissenen, gebrochenen Augen zu sehen waren.

Ninioq brach über Katingak zusammen. Sie ließ den Tränen freien Lauf und murmelte fortwährend die Namen ihrer toten Verwandten. All diese Lieben, die jetzt für immer aus ihrem Leben gegangen waren. Warum? Warum dieser schreckliche Abschluss eines langen Lebens? Was war ihnen zugestoßen? Welcher Feind war denn so mächtig, dass er mit seinen helfenden Geistern so viel Tod auf einmal verbreiten konnte? Viele Tage schon lagen sie hier, und Ninioq wusste, dass nicht nur Katingaks Zelt von dem Bösen heimgesucht worden war, sondern alle Zelte am Kerkertakfjord.

Katingak lag kalt und starr unter ihr. Sie streckte ihre Hand aus und schloss seine Augen, um den fürchterlichen Blick nicht mehr sehen zu müssen. Ihr Leid wurde fast zu einem physischen Schmerz, und sie jammerte laut. All die Jahre, ihr ganzes Leben waren auf einmal sinnlos. Es gab keine Fortsetzung mehr, außer Manik. Aber er war nur ein Kind ohne Versorger und jetzt ohne alle Möglichkeiten. Denn was sollte sie mit dem Jungen anfangen? Wie konnte sie ihn in das Mannesalter führen, in dem er unabhängig von der Hilfe anderer Menschen sein würde? Verzweifelt drückte sie ihr Gesicht in Katingaks langes, schwarzes Haar. Diesmal hatte der Tod alles genommen. Bisher hatte er immer nur wenig gefordert, jetzt aber alles. Vielleicht gab es überhaupt keine lebenden Menschen mehr, nur Manik und sie, denn wer mochte glauben, dass dieses Schreckliche sich nur mit den Bewohnern einer Siedlung begnügte? Es war sicher schon lange so bestimmt, und das war auch der Grund, warum sie diese Unruhe gespürt hatte. Die Machtbesitzenden, denen alles gehörte, wollten auf der Erde keine Menschen mehr. Vielleicht, weil der Mensch geringer als alles andere Lebende war. Es war offensichtlich, dass es nur den Menschen galt, denn sonst wären die Hunde auf der Insel nicht mehr am Leben gewesen.

Ninioqs Weinen ließ langsam nach. Nur ein trockenes Schluchzen, das in langen Krämpfen aus ihrer Brust stieg, schüttelte ihren Körper. Sie dachte an Manik und erhob sich unter großer Anstrengung. Was sollte sie mit dem Jungen machen? Was sollte sie ihm sagen? Konnte sie ihm denn überhaupt etwas anderes als die Wahrheit sagen?

Sie kroch aus dem Zelt und schaute hinunter zum Strand. Manik stand da und ließ Steine übers Wasser springen, und Najak lag an seiner Seite und betrachtete ihn aufmerksam. Ninioq setzte sich ins

Heidekraut, ein Stückchen vom Zelt entfernt. Der Anblick des Jungen tat ihr gut, sie schaute auf ihn voller Zärtlichkeit. Er war ein Kind von ihr selbst. Und weder er noch sie waren von den höheren Mächten verlangt worden, die doch sonst alles andere gefordert hatten. Vielleicht hatten sie es so bestimmt, dass Manik leben sollte und sie das Recht hatte, ihm dabei zu helfen, sich in eine Welt hineinzufinden, in der jetzt alles Alte und Wohlbekannte fehlte. War das die Absicht, dass sein Leben besser werden sollte als das, welches man bisher gelebt hatte? Sollte er die unendlich alten Traditionen weiterführen, oder sollte er sich mithilfe eigener Erfahrungen und dem Wenigen, das ihm Ninioq geben konnte, entwickeln? Sie rief ihn zu sich.

»Wo sind sie?«, fragte er. Er sah ihre verweinten Augen. »Was ist, Ninioq? Sind sie dort drinnen?«

»Sie sind alle im Zelt«, nickte Ninioq.

»Warum kommen sie denn nicht heraus? Sind sie krank? Hast du Katingak gesehen?« Er scharrte ungeduldig mit dem Fuß.

»Dein Vater ist tot«, entgegnete Ninioq leise. »Dein Vater und deine Mutter, Kisag und alle deine Geschwister. Alle Menschen der Siedlung sind tot.«

Der Junge schaute sie verständnislos an. »Tot? Warum? Warum?«

Ninioq schüttelte den Kopf. Sie zog ihn zu sich herunter und umfasste seine Schulter.

»Es gibt sicher einen Grund«, antwortete sie, »aber wir kennen ihn nicht.«

»Sehe ich sie nicht mehr?«

»Nein, sie sind an einem Ort, wo man sie nicht sehen kann.«

»Aber sehe ich sie nie mehr?« Er sah Ninioq ungläubig an. »Auch nicht Vater?«

Ninioq schüttelte den Kopf. Es dauerte lange, bis Manik ihr Nein ganz begriff. Er saß steif, fast widerstrebend in ihrem Arm. Die unverständlichen Worte erfasste er nur langsam, und er kämpfte lange mit dem Weinen, das ihn genauso unverständlich wie die Worte bedrängte. Dann plötzlich begriff er alles. Auf einmal hatte er die fürchterliche Wahrheit vor Augen, er legte den Kopf in Ninioqs Schoß und weinte, dass sein kleiner Körper bebte. Ninioq strich ihm übers Haar und über den gebeugten Rücken. Sie konnte ihm keinen anderen Trost spenden. Er schluchzte wild und drückte sein Gesicht so dicht an sie, wie er nur konnte. Er stieß Worte aus, die unverständlich waren, aber Ninioq wusste, es waren die Namen Katingak und Ivnale.

So saßen sie lange, Ninioq und Manik. Sie ließ ihm die Zeit, die er brauchte, und streichelte ihn behutsam. Die Sonne senkte sich über den Bergen zum Horizont und schickte breite Bündel rosafarbenen Lichts durch die Fjordmündung und aufs Meer. Erst als sich die Stille auf beide senkte, merkte sie, dass der Junge eingeschlafen war. Diese wohltuende Stille, die sie lange in ihrem Innern gehört hatte. Diese vertraute Ruhe, die ihr den Weg zu sich selbst besser als viele Gedanken wies, die Lautlosigkeit, die plötzlich wie eine Mauer um sie herum stand, ihr aber auch die Unendlichkeit der Welt erschloss. Es war die Stille des kalten, blauen Himmels, der leuchtenden Wintereinsamkeit und der hohen Berge. Diese Stille – sie empfand sie als Wohnstätte ihrer Seele, als ihr eigentliches Heim. Ihr ganzes Leben hatte sie sie begleitet und würde in ihr sein, wenn sie starb.

Sie spürte die ruhigen Atemzüge des Jungen und empfand plötzlich eine schmerzliche Freude. Der Junge war warm und lebendig. Sie durfte ihn behalten, durfte für ihn weiterleben. Vorsichtig hob sie seinen Kopf aus ihrem Schoß. Sie zog die Anorakkapuze heraus und legte seinen Kopf ins Heidekraut. Dann stand sie auf und ging zurück zu Katingaks Zelt.

Diesmal schlug sie das Fell am Eingang ganz zurück, um das spärliche Nachmittagslicht hereinzulassen. Man musste an viele Dinge denken, denn jetzt musste sie alles tun, um den Jungen und sich selbst auf den kommenden Winter vorzubereiten. Sie kroch zu der Seitenpritsche, wo Ivnale die Winterpelze aufbewahrte. Nachdem sie ein wenig unter der Pritsche gewühlt hatte, fand sie fast alle Fellsachen. Als sie sich auf den Bauch legte, um unter der Pritsche nach Maniks Winterfellstiefeln zu suchen, entdeckte sie erstaunt einige kleine Scherben aus einem braunen und durchsichtigen Material. Sie hielt eine der Scherben ans Licht und fuhr mit dem Finger über die scharfe Kante.

Wo kamen die her? Hatte Katingak oder eines der Kinder sie gefunden oder hatten sie Freunde zur Siedlung gebracht? Sie hatten weder einen Geschmack noch einen Geruch, und sie bestanden aus einer Steinsorte, die sie nicht kannte.

Sie schob die Scherben wieder unter die Pritsche. Vielleicht waren sie von mächtigen Geistern ins Zelt gebracht worden, die die Siedlung heimgesucht hatten, und vielleicht enthielten sie noch immer unbekannte und magische Kräfte, vor denen man sich besser in Acht nahm.

Sie vermied es so weit wie möglich, die Leichen zu berühren. Aber sie beugte sich über jede, um noch einmal ihre Gesichter zu sehen. Der Anblick der kleinen Mädchen und Kisags Neugeborenem trieb ihr wieder die Tränen ins Gesicht, und Ivnales verzerrtes Gesicht war kaum zu ertragen. Als sie sich über Kisag beugte, entdeckte sie etwas Blitzendes in dem zerzausten Haarschopf. Sie griff danach und zog drei lange Nadeln heraus – Nadeln, die sie wiedererkannte. Es waren die gleichen Nadeln, die ihr die Frau aus Pigsiarfik vor vielen Jahren gezeigt hatte; sie hatte sie sich damit verdient, bei einem der fremden Geister zu liegen. Plötzlich stand Ninioq klar vor Augen, was geschehen war: Das große Boot mit den weißen Fellen hatte die Siedlung besucht. Dieses Boot, das früher Glück brachte, hatte sich jetzt als böse gesinnt erwiesen. Vielleicht war es immer schon von böser Gesinnung gewesen, denn was wussten die Menschen schon über dieses Boot. Und wie konnte man wissen, ob diese Geister freundlich waren, wenn man ihre Sprache nicht verstand; wie konnte man glauben, dass das Wasser, von dem Kokouk erzählt hatte, ganz wunderbar war, wenn man doch die Macht über seine Glieder verlor, wenn man davon trank, und sich wie verhext fühlte. Die Geister von dem großen Boot waren hier im Kerkertakfjord gewesen. Und diesmal hatten sie ihr wahres Wesen gezeigt. Kisag hatte diese Nadeln natürlich, weil sie bei einem der Fremden gelegen hatte, bevor er sie tötete, und Katingak hatte von der magischen Flüssigkeit getrunken, die in braunen Behältern aus demselben Material wie die Scherben unter der Pritsche aufbewahrt wurde. Dies entsetzliche Boot hatte die Küste viele Jahre befahren. Es hatte alle Siedlungen besucht und alle Menschen kennen gelernt. Und jetzt hatte es schließlich ausgeführt, was die Machthabenden ihm aufgetragen hatten, und Rache genommen.

Ninioq hielt die blanken Nadeln gegen das Licht. Sie waren ganz wunderbar, lang und noch nicht gebraucht und unglaublich spitz. Solch eine Nadel konnte man immer wieder schleifen und viele Jahre lang gebrauchen. Es waren die Nähnadeln, die sie sich ihr ganzes Leben gewünscht hatte. Diese Nadeln hatten Kisag gehört. Sie hatte bei einem Fremden gelegen und ihm so viel Vergnügen bereitet, dass er ihr drei Nadeln anstatt einer schenkte, wie es sonst üblich war. Aber jetzt war Kisag tot. Getötet von dem, der ihr die Nadeln geschenkt hatte, und sie hatte die Nadeln in ihren Haarschopf gesteckt, als sie den Tod nahen fühlte, um sie auf die Reise zu den ewigen Siedlungen mitzunehmen.

Ninioq steckte zwei der Nadeln wieder in Kisags Haar. Die dritte tat sie in einen kleinen Fellbeutel, in dem Ivnale Sehnen zum Nähen, Pfrieme und Knochennadeln aufbewahrte.

Als sie das Zelt verließ und ins Tageslicht trat, sah sie, dass Manik wach war. Sie legte den vollen Fellbeutel beiseite und setzte sich neben ihn. Er lag und starrte stumm in den dunkelblauen Himmel.

»Niemand erfährt, dass ich eine Robbe erlegt habe«, murmelte er mit belegter Stimme. Er wandte Ninioq sein verschwollenes Gesicht zu.

»Sie wissen es alle, dort, wo sie sind«, antwortete Ninioq. »Ich glaube, dass man dort über alles Bescheid bekommt. Im Übrigen bin ich sicher, es war Katingaks Wunsch, dass du seine Jagdgeräte übernimmst. Das ist wohl die Hoffnung aller Fänger, dass du dir die Waffen aussuchst, die du am liebsten haben möchtest, denn es ist nicht gut für sie, wenn sie nutzlos herumliegen.«

Manik wischte sich mit der Handkante die Nase. Er presste die Lippen zusammen, um nicht weinen zu müssen. »Glaubst du, Vater hat meinen Kajak fertig gebaut?«, fragte er.

»Vielleicht. Wenn nur das Gerüst fertig ist, nehmen wir es mit auf die Insel, und ich bespanne es«, entgegnete Ninioq. »Aber geh doch zu dem Gestell am Strand und sieh nach, ob du es findest.«

Manik stand auf. Sie legte ihre Wange an sein Bein. »Du kannst nehmen, was du möchtest, und alles ins Frauenboot legen. Du wirst schon alles gebrauchen können, denn jetzt bist du mein Versorger. Aber beeile dich, denn es wird bald dunkel.«

»Bleiben wir hier über Nacht?«

»Wir schlafen im Frauenboot. Ich hole die Schlaffelle aus allen Zelten, dann haben wir es schön warm.«

Sie arbeitete, bis die Dunkelheit kam. Ninioq ging in jedes Zelt, und überall bot sich ihr der gleiche Anblick: nackte Leichen mit großen Wunden, verzerrten Gesichtern, offenen Mündern und aufgerissenen Augen. Es war, wie sie vermutet hatte, es gab keinen Überlebenden.

Sie suchte alles Brauchbare zusammen und legte es vor die Zelte. Manik hatte seinen Kajak gefunden, er lag auf Katingaks Gestell. Er war ganz komplett, mit allen Gerätschaften, mit Fangblase und Leine, die auf dem Deck lagen. Manik trug ihn zum Frauenboot und ging noch einmal zurück, um die Jagdgeräte von den anderen Kajaks zu holen. Später half er Ninioq, Fleisch und die zusammengesuchten Sachen hinunter zum Strand zu schleppen, und sie füllten alle Fellbeutel, die sie fanden, mit Speck aus den Fleischgruben. Sie holten Eier und Beeren, die der Stamm gesammelt hatte, und trugen Felle, Lampen und Töpfe und was Ninioq sonst noch für nützlich hielt, hinunter zum Frauenboot.

Ninioq wunderte sich, dass sie nicht mehr neue Felle gefunden hatte, aber dann fiel ihr ein, dass Kokouk davon erzählt hatte, wie sehr die Fremden die Felle von Fangtieren begehrten. Seltsam, dachte sie, dass Geister mit solch großen Fähigkeiten sich ganz gewöhnliche Felle wünschten. Von welchem Nutzen konnte ein armseliges Fell einer Robbe für Machthabende sein, die selbst die wunderbarsten Dinge herstellen konnten? Sie hatten doch sogar die Macht, ein ganzes Volk mit ihren magischen Waffen zu töten. Denn es gab keinen Zweifel: Man hatte die furchtbaren Zeigewaffen angewendet, von denen Kokouk erzählt hatte.

Sie drehten das Frauenboot kieloben und schichteten die zusammengetragenen Dinge an den Seiten auf. Nachdem Ninioq die Schlaffelle ausgebreitet hatte, krochen sie in ihren Bau. Sie aßen sich an dem leckeren, halb verrotteten Fleisch satt, das Ninioq hinter Kokouks Zelt vergraben gefunden hatte, und legten sich müde in die Felle. Bevor Manik einschlief, drückte Ninioq dem Jungen die Holzscheide mit Kokouks wunderbarem Messer in die Hand und sagte:

»Gewiss wäre Kokouk zufrieden, wenn er wüsste, dass sich sein Messer jetzt in der Obhut eines zukünftigen Fängers befindet.«

Manik befühlte das Messer und schob es unter das Fell. Er sagte nichts, sondern verbarg seinen Kopf an Ninioqs Brust und begann leise zu weinen.

8

Es war schwer, sich auf den Winter einzurichten. Die Höhle war ein hervorragender Zufluchtsort gewesen, solange sie auf die Männer in den Kajaks gewartet hatten, jetzt aber, als Winterwohnung, war sie seltsam fremd. Ninioq dachte sehnsüchtig an die großen, gemütlichen Gemeinschaftshäuser, in denen jede Familie ihren abgegrenzten Bereich hatte, die Menschen zusammenlebten und es voller Stimmen war. In der Höhle war es still und einsam. Es gab nur die Geräusche, die sie und der Junge machten.

Es sah so aus, als falle es Manik leichter, sich auf das neue Leben einzustellen. Die ersten Tage war er schweigsam und weinte oft, allmählich aber, als er mehr Abstand zu den Erlebnissen in der Siedlung gewann, wurde er gesprächiger und fing an, sich für die Jagdgeräte, die er mitgenommen hatte, und für seinen Kajak zu interessieren. Jeden Morgen setzte er sich in sein Boot und paddelte am Strand entlang, jedoch nicht weiter hinaus, als er im Wasser noch stehen könnte.

Ninioq vermochte die schweren Gedanken kaum abzuwehren. Ihre Unruhe war verschwunden, aber eine große Müdigkeit war über sie gekommen. Sie fürchtete diese Ermattung mehr als alles andere, denn sie wusste, dass sie für den Jungen leben musste. Hin und wieder hatte sie das Gefühl, alles, was sie tat, sei nutzlos, alles letztlich gleichgültig, denn wie sehr sie sich auch anstrengen mochte, für den Winter zu rüsten – das Ergebnis stünde bereits fest. Die fürchterlichen Geister in dem großen Boot hatten es nicht nötig, sich zur Insel zu bemühen, um sie umzubringen.

Aber wenn sie Manik betrachtete, wie er so voller Leben war, so hingebungsvoll damit beschäftigt, seine neuen Waffen kennen zu lernen, so fest im Glauben an seine eigenen Fähigkeiten, fasste sie wieder Mut. Dann fühlte sie ein wenig die alte Unbändigkeit, mit der sie ihr ganzes Leben lang allen Widrigkeiten begegnet war, und sie überwand für eine Weile Müdigkeit und Schwermut.

Es kamen auch Tage, an denen sie und der Junge ihre Lage vergaßen. Manik sollte die Kajakrolle lernen. Ninioq hatte besorgt zugesehen, wie der Junge am Strand auf- und abpaddelte, und wenn der Kajak auch gut ausbalanciert war und Manik ihn leicht handhaben konnte, war sie sich doch im Klaren, dass ein kleines Missgeschick ihn zum Kentern bringen konnte. Solange Manik sich im flachen Wasser aufhielt, konnte er sich vielleicht helfen, indem er aus dem Kajak kroch und an Land watete, ging er aber erst auf die Jagd – und das war sein brennender Wunsch –, würde er ertrinken, wenn der Kajak kenterte. Darum musste er lernen, selbst wieder hochzukommen.

Eines Abends erklärte ihm Ninioq, wie man einen gekenterten Kajak wieder aufrichtet. Sie setzte sich in der Höhle mit durchgestreckten Knien auf den Boden und führte mit Körper und Armen die einfachen Bewegungen vor. Der Junge setzte sich neben sie und machte alles nach, und Ninioq ließ ihn die Übungen so lange wiederholen, bis sie sah, dass er sie gründlich beherrschte. Am nächsten Morgen gingen sie an den Strand, damit er eine Rolle versuchte.

Manik setzte sich in den Kajak. Er band sich die Anorakkapuze eng ums Gesicht, damit kein Wasser eindringen konnte, und Ninioq schlang einen Extrariemen um das Fell, das das Mannloch säumte, um das Boot so noch weiter abzudichten. Dann schob sie den Kajak hinaus, bis das Wasser in ihre Fellstiefel schwappte, und umfasste mit festem Griff den Knochenbeschlag am Bug. Manik schlug mit dem Paddel leicht auf das Neueis, um eine Wune offenen Wassers zu bekommen. Dann legte er das Paddel längs auf die Bordkante, die linke Hand um die Mitte, die rechte mit einem Untergriff um das flache Blatt.

Als er kenterte, konnte Ninioq ihn deutlich im klaren Wasser erkennen. Die Kajakbespannung leuchtete grün und schmiegte sich fest an seinen Körper. Der Junge drehte sich im Wasser, wie sie ihn gelehrt hatte, und schwenkte das Paddel in einen rechten Winkel zum Kajak. Dann zog er das freie Ende des Paddels mit einem schnellen Griff über den Kopf zur Wasseroberfläche. Der Kajak drehte sich, aber nicht genug. Das Paddel scherte zu sehr ab, und knapp vor der Wasseroberfläche kehrte Manik wieder um in Richtung Grund. Ninioq richtete den Kajak auf.

»Beinahe habe ichs geschafft«, rief Manik. Er hustete und spuckte das Wasser aus, das er in seiner Erregung geschluckt hatte. »Hast du gesehen, Ninioq, dass ich fast wieder hochgekommen bin?«

»Ich habe gesehen, dass du dich wieder nach unten gedreht hast«, beschied Ninioq. »Es scheint fast, als ob du gestern überhaupt nichts gelernt hättest. Ich habe dir unzählige Male das Wichtigste beim Obergriff der linken Hand erklärt, konnte aber nicht erkennen, dass dein Handgelenk unter Wasser gebogen gewesen wäre.« Sie nickte. »Aber sonst hast du alles richtig gemacht. Probiers noch einmal.«

Der nächste Versuch klappte besser. Manik schaffte die Drehung, hatte diesmal aber so viel Schwung, dass er zur anderen Seite kenterte und erneut kopfunter hing. Ninioq zog ihn hoch.

»Hier geht es mehr ums Gefühl als um Muskelkraft«, erklärte sie. »Es ist gar nicht nötig, viel Kraft aufzuwenden. Mach das Ganze langsam, du hast genug Zeit, denn ein Mensch kann lange ohne Luft auskommen. Bleib erst einmal liegen und schau dich um. Beobachte, wie du das Paddel zur Seite schwenkst, sieh es an, wenn du es über den Kopf ziehst und wenn du merkst, wie du dich langsam und sicher nach oben drehst. Und wenn du dann an der Oberfläche bist, übe keinen Druck mehr aus. Lass das Paddel wie einen Ausleger auf dem Wasser aufschwimmen.«

Manik versuchte es noch einmal, und diesmal drehte er den Kajak richtig. Er schob das Paddel unter die Riemen auf dem Deck und steckte die Fausthandschuhe mit den beiden Daumen unter den Kajaksitz. »Jetzt war es richtig, nicht?«, fragte er, »es ist überhaupt nicht schwer. Darf ichs mal allein probieren?«

Ninioq ließ den Bug los und watete an Land. Es war klar, dass der Junge diese Kunst nun begriffen hatte und ohne ihre Hilfe zurechtkam. Er würde bald in der Lage sein, den Kajak auch mit dem Wurfschaft der Harpune wieder aufzurichten, und schließlich, wenn er es einige Male probiert hätte, auch allein mithilfe seiner Hände. Er hatte das in sich, merkte sie, genauso wie sie selbst vor vielen Jahren.

Manik führte viele Kajakrollen aus. Er versuchte es in Serien oder auch einzeln, wobei er lange kopfunter hängen blieb, um sich an dieses Gefühl zu gewöhnen. Er kenterte den Kajak während der Fahrt oder in flachem Wasser, wo es allerdings beinahe schiefgegangen wäre, weil er für das Paddel nicht genug Platz zum Schwenken hatte.

Ninioq zog ihn hoch, und er stieg hustend und keuchend aus dem Kajak.

»In flachem Wasser musst du bloß auf den Händen bis zur nächsten Klippe oder zum Strand wandern«, sagte Ninioq lachend. »Dann hast du bald den Kopf wieder über Wasser.«

Sie setzten sich mit dem Rücken an das aufgeholte Boot, und Ninioq erzählte ihm von ihrer ersten Kajakrolle.

»Es war vor deiner Geburt«, sagte sie. »Überhaupt vor der Zeit, da ich Kinder hatte. Dein Großvater Attungak und ich reisten in einem Winter nach Norden, um Attungaks Bruder zu suchen, der sich dort oben niedergelassen hatte. Wir fuhren mit den Hunden und führten einen Kajak auf dem Schlitten mit, weil die Reise so lange dauern würde, dass wir gezwungen sein würden, auch im Sommer unterwegs zu sein.

Attungaks Bruder fanden wir nie. Vielleicht war er verhungert, denn die vorangegangenen Jahre waren sehr schwer gewesen, vielleicht war er aber auch fortgewandert, um zu dem Volk zurückzukehren, von dem wir vor langer Zeit gekommen sind. Attungak und ich fanden die Reste des Lagerplatzes seines Bruders, doch dieser Ort lag schon etliche Jahre verlassen.

Den Sommer verbrachten wir in einem üppigen, dem Süden zugewandten Tal, und dort lernte ich, mit dem Kajak umzugehen.« Sie umschloss ihre Knie mit den Armen und stützte ihr Kinn darauf.

»Attungak entdeckte am Strand eine Bärenspur. Wir folgten ihr am Ufersaum, bis sie an einem breiten Fluss verschwand. Es hatte den Anschein, als wäre das Tier den Fluss hinaufgewandert, um Lachse zu fischen, wie es Bären gerne tun, wenn dieser Fisch flussaufwärts zum Laichen zieht. Eine Tagesreise vom Fjord fanden wir den Bären dann auch. Er stand auf einem kleinen Vorsprung, der über den Fluss ragte, und hielt eine Pranke ins kalte Wasser, um auf vorbeischwimmende Fische zu schlagen.

Attungak schlich sich mit seiner Lanze an, und der Bär war so in sein eigenes Vorhaben vertieft, dass er keine Witterung bekam oder doch erst, als

Attungak schon die Lanze warf. Gerade in diesem Augenblick drehte der Bär den Kopf, und die Lanze bohrte sich in seine Schulter und nicht in den Hals. Das war natürlich kein tödlicher Wurf, und der Bär schlug auf die Waffe, sodass der Schaft abbrach. Er setzte sich auf sein Hinterteil und streckte seine Vorderbeine Attungak entgegen.«

Manik hing an Ninioqs Lippen. »Was machte Attungak?«, fragte er.

»Er lachte«, antwortete Ninioq lächelnd. »Dein Großvater lachte über alles. Er fand, dass es wahnsinnig komisch war, einen Bären nicht richtig zu treffen und ihn an der Schulter zu verwunden anstatt am Hals.«

»Aber was machte der Bär?«

»Oh, der Bär. Ja, der brüllte vor Wut und bekam feuerrote Augen. Und dann sprang er. Attungak rollte sich zur Seite und war mit seinem Messer über ihm, bevor sich der Bär umdrehen konnte. Attungak stieß den Arm in seinen Rachen und rammte ihm das Messer tief in die Brust, dorthin, wo das Herz sitzt. Sie fielen zu Boden, die beiden, der Bär wild brüllend, Attungak mit lautem Gelächter. Als der Bär endlich verendete, nachdem ihn Attungak aufgeschlitzt und die Schlagadern herausgerissen hatte, lagen sie in einer so zärtlichen Umarmung, dass ich immer wieder lachen musste. Natürlich war Attungak böse zugerichtet. Ich zog aus seinem Rücken die Bärenkrallen heraus, und der Arm, der im Schlund des Bären gesteckt hatte, war schlimm angeschwollen und zweimal gebrochen. Obwohl Attungak Schmerzen hatte und viel Blut verlor, dauerte es lange, bis er aufhörte, sich zu amüsieren. Diese ganze Jagd war zu komisch, fand er, und er freute sich darauf, seine Verwandten in der Siedlung damit zu unterhalten und sie an dem Spaß teilhaben zu lassen.

Er konnte seinen linken Arm lange nicht gebrauchen, und als der Sommer kam und viele Robben im Fjord waren, musste ich das Kajakfahren lernen.«

»Konntest du es wirklich?«, fragte Manik voller Erstaunen. Er hatte noch nie von einer Frau gehört, die Kajak fahren konnte, und er meinte, dass diese Kunst den Männern vorbehalten wäre.

»Ich habe es gelernt«, antwortete Ninioq, »weil es notwendig geworden war. Und Attungak war ein guter Lehrmeister, ein besserer, als ich es bin. Denn er war strenger.« Sie streckte die Beine aus und legte die Hände auf die Oberschenkel. »Bei den ersten Versuchen schaffte ich die Drehung überhaupt nicht. Und er half mir nicht, ich musste erst eine fürchterliche Menge Wasser schlucken und glaubte fast zu ersticken. Das tat er, um mir beizubringen, wie unangenehm es ist, zu ertrinken. Und als ich dann die Kajakrolle einige Male ohne fremde Hilfe hinbekommen hatte, ließ er mich auf jede erdenkliche Weise kentern, damit mich nichts überraschen konnte. Er hieß mich, mich mit Schwung nach hinten zu überschlagen, oder er nahm mir das Paddel weg, und ich musste die Rolle allein mithilfe meiner Hände schaffen. Er ließ den Kajak halb voll laufen, damit ich lernte, wie er sich dann verhielt. Ja, Attungak war ein strenger, aber tüchtiger Lehrmeister, und als wir schließlich zu unserem Stamm zurückkamen, konnte ich genauso gut wie jeder Fänger mit dem Kajak umgehen.«

»Was sagten deine Verwandten dazu?« Manik kicherte ein bisschen, denn es war merkwürdig, sich eine Frau im Kajak vorzustellen.

»Oh, alle lachten über mich und gaben mir die verschiedensten Spitznamen, und es geschah dann auch selten, dass ich mich nach der Heimkehr in einen Kajak setzte.«

Manik nickte. »Das war bestimmt vernünftig«, sagte er, »denn sonst wärst du damals ja kein richtiges Mädchen gewesen.« Er grübelte darüber nach, wie es wohl war, den Kajak halb voll Wasser zu haben, und er brannte darauf, die Kajakrolle ohne Paddel zu lernen. Auch die Geschichte von Attungaks Kampf mit dem Bären gab ihm Anlass zu vielen Gedanken.

»Ninioq, lachte Attungak wirklich, als er mit dem Bären kämpfte?«

»Er lachte die ganze Zeit, weil er diese Jagd zu komisch fand«, entgegnete sie. »Dein Großvater lachte über vieles, das anderen nicht im Geringsten vergnüglich vorkam. Er war ein überaus fröhlicher Mensch.«

Sie lagen satt und voller Behagen in den Fellen, sie hatten Robbenfleisch und Därme mit Speckklumpen gegessen, die Ninioq den ganzen Tag über dem Feuer gehabt hatte. Manik schaute in die kleinen Feuerzungen am Rand der Lampe und beobachtete aufmerksam, wie Ninioq die Flammen mit dem Atgut, dem feinen Knochenstab, regulierte.

»Was machte Attungak sonst noch?«, fragte er. Sein Großvater ging ihm nicht aus dem Sinn. »Konnte er auch Geister beschwören, Ninioq?«

Ninioq legte den Atgut unter das Dreibein der Lampe und nahm den Steintopf vom Feuer. Sie goss die Brühe von Fleisch und Därmen in ein großes Holzgefäß und füllte den Topf mit Wasser.

»Er hatte seine helfenden Geister im Fjord«, sagte sie. »Und er konnte Krankheiten bannen und Geburten vorhersagen. Vor allem aber war er ein großer Fänger, er brachte das meiste Fleisch in die Siedlung.«

»Was hat er noch gemacht?« Manik nahm sich die Holzschale und trank einen Schluck Suppe. »War er ein tüchtiger Kajakmann?«

»Der beste«, entgegnete Ninioq. »Keiner konnte den Kajak so handhaben wie er. Am liebsten fuhr er bei schlechtem Wetter hinaus, denn es fiel ihm nie schwer, in Gischt und Nebel den Weg zu finden. Man sagte, dass er in seiner Jugend die Riesenrobbe erblickt habe, das ist eine Robbe von ungeheuerlicher Größe. Er hat es mir nie erzählt, aber er hat es Akutak anvertraut, der ihm zum Bruder geworden war. Demnach harpunierte Attungak diese gewaltige Robbe, die einen Pelz hat und die Gestalt einer jungen Ringelrobbe, und sie zog ihn so weit aufs Meer hinaus, dass er kein Land mehr sah. Dort draußen tauchte sie unter, sodass Attungak und sein Kajak bis in die Tiefe gezogen wurden, in der die Haie leben. Erst als Attungak die Leine der Harpune kappen konnte, tauchte er wieder auf. Er blutete schlimm aus Nase und Ohren und war so schwach, dass er die ganze Nacht mit ausgelegtem Paddel liegen musste, um Kräfte zu sammeln. Und ein anderes Mal sah er einen Blasenpfeil mit einer Fangblase so groß wie ein Eisberg, und da wusste er, dass es die Riesen aus dem Land bei Akilinek gewesen waren, die die Riesenrobbe gejagt hatten.«

Manik wischte sich ein wenig Suppe vom Kinn und leckte seine Finger ab. »Wie war es möglich, dass er aufs Meer geschleppt wurde? Hatte sich die Blase am Kajak verfangen, oder war die Leine nicht ordentlich zusammengelegt?«

»Attungak fing nie mit der Blase«, antwortete Ninioq. »Er benutzte nur den Fangriemen und ließ sich von der Robbe ziehen, bis sie ihren Verletzungen erlag.«

Manik lehnte sich mit einem Seufzer zurück und verschränkte die Hände hinter dem Kopf. »Wenn man so sein könnte wie Attungak«, und er schielte auf den Amulettriemen, der über seiner Brust gekreuzt war. »Und wie Katingak«, fügte er hinzu.

»Das ist nicht unmöglich.« Ninioq ließ die Stange mit den nassen Kleidern bis übers Feuer herunter. »Du trägst es vielleicht in dir. Denn um ein großer Jäger zu werden, muss man die Gabe haben«, sagte sie. »Natürlich kann man viel lernen, man kann sich viele Fertigkeiten aneignen, aber wenn man es nicht in sich hat und mit den Mächten nicht auf gutem Fuß steht, wird man bestenfalls mittelmäßig.«

Sie setzte sich auf den Rand der Pritsche, was die Flammen unruhig aufflackern ließ.

»Kann man lernen, ein Angakok zu werden?«, fragte er.

»Auch zur Geisterbeschwörung muss man eine Gabe besitzen. Es ist so wie mit dem Fang. Man kann bestimmte Dinge lernen, aber um ein großer Angakok zu werden, dazu gehört mehr. Attungak verstand sich auf Beschwörungen, doch Akutak war ein Meister dieser Kunst. Er saß schon als Kind auf dem Schoß des Angakok Sanersak und wurde dessen Lehrling. Er erlebte die unglaublichsten Dinge.«

»Kannte Akutak alle Mächte, Ninioq?«.

»Die meisten.«

»Kannte er auch die Ingersuit?«

»Ja, er kannte sie, auch die oberen, die wohlgesinnt sind und die niederen, die tüchtigen Fängern nachstellen.«

»Hat er dir davon erzählt?«, fragte der Junge neugierig.

»Einmal hat er mir davon erzählt, wie er von den Atdlit, den Nasenlosen und Bösen, gefangen wurde. Es war einige Jahre nach dem Hungertod seiner Frau. Er war morgens mit dem Kajak hinausgefahren und hatte eine kleine Fjordrobbe harpuniert. Aber es war eine merkwürdige Robbe. Sie war stärker als andere Robben und brachte ihn sofort zum Kentern. Er richtete den Kajak mit dem Paddel wieder auf, so wie du es jetzt auch kannst, aber er kenterte immer und immer wieder. Schließlich riss ihn diese kleine, starke Robbe ganz aus dem Kajak heraus, und lange klammerte er sich nur mit dem Oberkörper über Wasser an das Boot. Dann plötzlich hörte er Ruderschläge. Es waren die Nasenlosen, die vom Land her kamen. Sie waren scheinbar freundlich, denn sie schöpften seinen Kajak leer, halfen ihm hinein und zogen ihn an Land. Als sie den Kajak auf den Strand gezogen hatten, zerbrachen sie das Paddel und führten ihn zu ihrer Wohnung, die unter der Erde lag. Wie Akutak erzählte, betrat man diese durch einen Rasenhügel, und der Eingang war für das menschliche Auge unsichtbar.

Im Haus setzten sie ihn auf eine Seitenpritsche und forderten ihn auf, mit ihnen zu reden. Aber dazu verspürte er keine Lust, jetzt, wo er ihr Gefangener war. Da drohten sie, ihm die Nase abzuschneiden, damit er so wie sie würde, und ein altes Weib fing an, ein großes Messer zu wetzen. Aber Akutak wollte immer noch nichts sagen. Dadurch wurde einer der Männer derart wütend, dass er Akutaks Schläfen so zusammenpresste, dass dieser das Bewusstsein verlor. Als er wieder zu sich kam, banden sie ihn, hängten ihn unter die Decke und schnitten ihm die Nase ab.

Da aber wurde Akutak ernsthaft wütend. Er rief seine helfenden Geister, unter ihnen zwei besonders kluge Erkungasut. Diese sprangen durch den Hausgang herbei, doch einer der beiden wurde augenblicklich von der Frau mit dem Messer getötet. Der andere Erkungasut, der außergewöhnlich schlau war, schüchterte die garstigen Nasenlosen ein und warf alle Messer aus dem Haus. Dann löste er Akutaks Fesseln und beugte sich über den anderen helfenden Geist, den gemeuchelten, und hauchte ihm neues Leben ein.

Akutak flüchtete zu seinem Kajak. Er sprang hinein und paddelte so schnell vom Land weg, wie er konnte. Plötzlich spürte er etwas hinter sich und wandte sich um. Da sah er, dass es der wiederbelebte helfende Geist war, der mit seiner abgeschnittenen Nase auf dem Wasser angesprungen kam.«
Ninioq nickte dem Jungen ernst zu. »Es gibt viele Dinge, vor denen man sich in Acht nehmen muss, wenn man das Meer befährt«, sagte sie.

Manik umklammerte die Hasenpfote, die ganz unten im Amulettriemen saß. »Hat Akutak deshalb eine Narbe über der Nase?«, fragte er.

»Ja, die bekam er, als sie ihm die Nase abschnitten«, antwortete Ninioq, »und sie leuchtete immer weiß auf, wenn das Gespräch auf die schlimmen Ingersuit kam.«

Manik befühlte seine eigene kleine Nase und dachte darüber nach, wie es sich wohl anfühlte, sie abgeschnitten zu bekommen. Seine Bewunderung für Akutak hatte mit dem, was er gerade gehört hatte, noch deutlich zugenommen.

»Erzähl mehr, Ninioq«, bat er, »von Akutak und Attungak und davon, wie Katingak war, als er so alt war wie ich.«

Und Ninioq erzählte von den beiden Männern, die wie Brüder waren, und sie berichtete von ihrem Sohn und vielen anderen Menschen. Sie teilte mit, was sie selbst gehört und gesehen hatte, sprach von versunkenen Zeiten und gab Berichte an den Jungen weiter, die so alt waren wie die Inuit. Manik sog jedes Wort auf und verwahrte die Geschichten in seinem Innern wie kostbare Schätze. Er fühlte, dass sie ihm ebenso gehörten wie all den anderen, die sie vor ihm vernommen hatten. Stunde für Stunde vermittelte Ninioq ihm das Erbe, das ihr Volk viele Generationen hindurch gesammelt hatte, und an diesem Nachmittag dachte keiner von beiden an die verlassene Siedlung am Kerkertakfjord und an die vielen Toten, die dort lagen.

Nur wenige Tage hatte Manik Freude an seinen neu erworbenen Fähigkeiten. Die Kälte nahm zu, das ruhige Wetter hielt an, und das Neueis wurde schließlich so dick, dass weder Dünung noch Sonne etwas dagegen ausrichten konnten. Der Kajak wurde hinauf zum Frauenboot getragen und für den Winter festgezurrt.

Für den Jungen wurden die Tage eintöniger, und wenn er auch immer noch mit seinen Waffen in den Klippen umherstreifen konnte, wurde ihm die Zeit doch allmählich lang.

Er fragte nicht mehr nach seiner Familie. Er hatte wohl ihr Ende begriffen. Dagegen fragte er Ninioq häufig nach den anderen Menschen. Es musste möglich sein, andere Siedlungen aufzusuchen, denn sie hatte ja selbst von all den Inuit erzählt, die die

Küste bevölkerten. Konnten sie nicht, wenn das Eis dick genug war, am südlichen Festland entlangwandern, bis sie bewohnte Gegenden erreichten? Wusste Ninioq, wo die nächste Siedlung lag? Kannte sie die Menschen dort oder gab es darunter vielleicht sogar Verwandte?

Ninioq konnte ihm auf seine vielen Fragen keine Antworten geben. Sie hatte die starke Vermutung, dass die fürchterlichen Fremden alle Menschen getötet hatten. Wahrscheinlich hatten sie mit der Zeit nach und nach alle Siedlungen aufgesucht. Zuerst als freundliche, freigebige Geister, dann als unbarmherzige Rächer. Und wenn sie sich zurückerinnerte, wurde ihr deutlich, wie sich das Land allmählich durch Krankheit, Hunger und Mord entvölkert hatte. Sie erinnerte sich an die Jahre, in denen mitten im Winter Wärme über das Land fiel und die Rentiere und Moschusochsen verendeten, weil sie, als der Frost zurückkehrte, ihre Nahrung nicht mehr erreichen konnten. Ob es auch die Rächer von dem großen Boot waren, die Schuld an diesen Wetterveränderungen trugen?

Manik verlangte nach einer Antwort. Und sie erfand eine Siedlung, die weit im Süden lag. Eine Siedlung mit vielen und fröhlichen Menschen, denen es nie an Fleisch mangelte. Sie erzählte ausführlich von dieser idealen Gemeinschaft, in der es nur tüchtige Fänger gab und die Frauen alle Tugenden besaßen, die eine ordentliche Ehefrau auszeichnen. Sie berichtete von den Spielen der Kinder, ihren Liedern und ihrer Tüchtigkeit; sie ermahnte Manik, sich, bevor sie zu der besagten Siedlung wandern würden, das Fängerhandwerk so gut anzueignen, dass weder sie noch er selbst sich zu schämen brauchten.

Er sollte sich im Bogenschießen üben, sollte das Werfen mit jeder Art von Waffe lernen. Er sollte den Gebrauch des Speers ohne Wurfschaft und die Jagd mit Katingaks Flügelharpune bis zur Vollkommenheit beherrschen. Und es reichte nicht einmal, all diese Waffen gebrauchen zu können. Er müsste sie auch selbst anfertigen und möglicherweise verbessern können. Erst wenn er meinte, dass er sicher war und sich mit diesen tüchtigen Menschen messen konnte, würden sie diese aufsuchen.

Der Junge akzeptierte dies alles gerne. Er glaubte fest, dass er sich die erforderlichen Fertigkeiten in Kürze aneignen könnte, und so würden sie bereits zu Beginn des Frühjahrs so weit sein, die lange Wanderung unternehmen zu können.

Kurze Zeit später hatte er Gelegenheit, Ninioq vorzuführen, wie sicher er beim Vogelfang bereits mit Pfeil und Bogen umging.

9

Sie hatten alles Fleisch in einer tiefen und engen Höhle untergebracht, die einen Steinwurf von der entfernt lag, in der sie wohnten. Den Eingang hatten sie mit aufgeschichteten flachen Steinen verschlossen, das war im Hinblick auf vierbeinige Räuber nötig.

Der Fuchs hatte die Insel mehrfach besucht. Sie hatten seine Fährte in der feinen Schneedecke gesehen, die auf dem blanken Eis lag, und nachts konnten sie hören, wie Najak ihn wütend verjagte.

Ein Eisberg war draußen vor der Insel gestrandet und lag jetzt festgefroren ein Stück vom Land entfernt. Diese Strandung war ein großes Glück, fand Ninioq, denn jetzt hatten sie für den ganzen Winter Eis zum Schmelzen, es blieb ihnen die Mühe erspart, zum Wasserholen die Eisdecke des kleinen Süßwassersees aufhacken zu müssen.

Manik und Ninioq verbrachten viele Nachmittage damit, Seeskorpione und kleine Dorsche in den Gezeitenspalten zu angeln. Einige Male versuchte sich Manik im Fang an den Atemlöchern, aber das eintönige Warten wurde ihm schnell langweilig. Er vermisste Gesellschaft und hing an Ninioq.

Die Nächte waren schon länger als die Tage, und die Dunkelheit nahm mit jedem Mondwechsel zu. Die Kälte wurde strenger, und der erste Schnee fiel. Dann kamen einige kräftige Stürme, die den Schnee zu harten, runden Wehen zusammentrieben, und den Stürmen folgte eine lange Periode mit sehr tiefen Temperaturen, die das Meereis dicker werden und den kleinen Süßwassersee fast bis zum Grund gefrieren ließen.

Zu dieser Zeit des Jahres hielt man sich am besten in der Höhle auf. Ninioq hatte diese so bequem wie möglich eingerichtet. Die breite Pritsche bestand aus Treibholz und Steinen, auf ihr lagen all die Felle, die sie aus der Siedlung mitgebracht hatten. Das Topfgestell stand über Ivnales Lampe, die fast einen halben Meter lang war und viel Wärme und reichlich Licht spendete.

Unter die Pritsche hatte Ninioq den Werkzeugkasten, den Speck und den Urinzuber, die Töpfe und die Reservelampen gestellt. Hier lagen zusammengerollte Robbenfelle, Beutel mit Nähzeug, Seehundstiefel und Winterpelze. Außerdem befand sich unter dem Fußende der Pritsche direkt an der Wand ein großes Fass mit aufgetautem Fleisch.

Um den Höhleneingang abzudichten, hatte

Ninioq aus Treibholz einen nach innen geneigten Rahmen zusammengebunden, und als Tür verwendeten sie ein Stück zugeschnittene Bartrobbenhaut, die auf einen Holzrahmen gespannt war. Den Rahmen dichtete Ninioq mit kleinen Steinen und Gras ab, die Tür konnte mit einem Riemen zugezogen werden, den sie in der rissigen Klippenwand festgeklemmt hatte. Nachts hängte sie ein Moschusochsenfell vor die Tür, um die Wärme in der Höhle zu halten, wenn die meisten Dochte der Lampe gelöscht waren.

Es war warm und gemütlich in der Höhle, aber die Zeit verging langsam. Manik vermisste die Spielkameraden des Gemeinschaftshauses, das Geräusch der vielen menschlichen Stimmen und die Unterhaltungen der Erwachsenen.

Ninioq tat ihr Bestes, um ihn aufzumuntern. Sie fabulierte weiter über die wunderbare Siedlung, die sie aufsuchen wollten, und malte alle Herrlichkeiten aus, die eine solche Siedlung zu bieten hatte: Festlichkeiten, Spiele und Essen.

Wenn sie abends auf der Pritsche lag und einschlafen wollte, drängte sich ihr der Vergleich auf zwischen jener Siedlung, die sie so lebendig beschrieben hatte, und der, an die man dachte, wenn man von der ewigen Siedlung unter der Erde sprach.

Najak, die ihre Nächte vor dem Eingang der Höhle zubrachte, begann eines Abends zu wimmern und zu winseln und kratzte am aufgespannten Fell.

»Es ist wohl am besten, wenn wir sie hereinholen«, meinte Ninioq, »denn ich glaube, jetzt ist etwas unterwegs.« Sie ließen das Tier herein, und es dauerte nicht lange, da begann die Geburt.

Manik hockte neben der Hündin und streichelte zärtlich über den prallen Bauch. Er verfolgte die Geburt mit größter Aufmerksamkeit. »Das sieht aber merkwürdig aus«, sagte er, als der erste Welpe halb herausgepresst war. »Glaubst du, dass es so richtig ist?«

Ninioq fasste den Kopf des Welpen und half Najak. »So geht das immer vor sich«, beruhigte sie ihn. »Es kann beim ersten Mal etwas beschwerlich sein, aber sonst ist nichts auch nur im Geringsten merkwürdig.« Sie reichte Manik den Welpen.

»Bitte schön, hier hast du deinen ersten Schlittenhund«, sagte sie. »Und hier kommt der zweite.«

Najak warf fünf Welpen: kleine, hilflose Geschöpfe, die an den warmen Bauch der Mutter krochen, blind und eifrig, von einem unerklärlichen Instinkt geleitet.

Manik konnte sich an ihnen gar nicht satt sehen. Er nahm sie hoch, einen nach dem anderen, und betrachtete sie genau. Als er sie zu unterscheiden gelernt hatte, hob er sie nochmals einzeln in die

Höhe und sprach deutlich die Namen Ivnale, Katingak, Kisag und die seiner beiden Schwestern aus.

Ninioq saß still auf der Pritsche und fühlte eine große Freude. Der Junge war zum ersten Mal seit dem Besuch der Siedlung glücklich, und die Namensseelen der lieben Toten hatten nun wieder eine Wohnung. Sie schaute auf die Hündin, die damit beschäftigt war, die Welpen abzulecken. So beginnt das Leben, dachte sie. Das mühevolle und glückliche Leben. Zuerst ist alles Blut und Schmerz. Sie schob den Sack mit den Lodden zu Manik hin.

»Gib ihr einige von diesen hier«, sagte sie, »du solltest sie gut füttern, weil sie Milch für so viele Nimmersatte geben muss.«

Najak leckte ihre Welpen sauber, und erst, als jeder blank und mit schimmerndem Fell an einer Zitze lag, trank sie von dem Wasser, das Manik ihr geholt hatte, und fraß von den Lodden.

Die ganze Nacht hindurch war die sonst so stille Höhle von den Lauten dünner, fiepender Stimmen erfüllt. Mehrmals erhob sich Manik von der Pritsche und schaute nach seinem zukünftigen Gespann.

Eines Morgens fing Najak an zu knurren. Ninioq war schnell aus den Fellen und schlug die Tür auf. Es war dunkel, und sie konnte die Konturen der flachen Klippen am Strand nur erahnen. Sie kroch halb aus der Höhle und lauschte. Najak stand hinter ihr, am ganzen Körper zitternd. Das Geräusch von Steinen, die umstürzten, drang zu ihnen, und da wusste Ninioq, wer der Gast war. Kein anderes Tier als der Bär besaß die Kraft, die Steine vor der Fleischhöhle wegzuräumen.

Sie kroch zurück zur Pritsche und schüttelte den schlafenden Manik.

»Manik«, flüsterte sie, »wach auf.«

Der Junge setzte sich verschlafen auf. Er rieb sich die Augen und fragte, ohne die Augen zu öffnen: »Warum?«

»Es ist ein Bär an unserem Fleisch«, sagte sie mit gedämpfter Stimme. »Wir müssen dafür sorgen, dass er nicht hier hereinkommt. Binde eine Leine um Najaks Schnauze, damit sie nicht kläfft.« Manik war jetzt hellwach. Er schlüpfte schnell in seinen Anorak und suchte nach seinen Waffen. »Hier«, sagte er zu Ninioq. »Du kannst die Blasenharpune nehmen, ich nehme Katingaks Lanze.«

Sie saßen an der offenen Tür, bis der Tag graute. Ab und zu hörten sie den Bären zufrieden in der Fleischhöhle brummen, wo er sich an ihrem Wintervorrat gütlich tat.

»Wenn wir nichts unternehmen, frisst er all unser Fleisch«, sagte Ninioq. Sie blickte hilflos hinunter zur Höhle.

Manik schüttelte missbilligend den Kopf. Er

kochte vor Wut, und der ererbte Jagdinstinkt ließ seinen kleinen Körper vor Erregung zittern. »Feuer«, sagte er. »Du hast einmal gesagt, dass Tiere Angst vor dem Feuer haben.«

»Wir haben nur die Lampe«, entgegnete Ninioq. »Mit der kann man nicht einmal einer Schneeammer Angst einjagen.«

Manik drehte sich um und schaute zur Pritsche. »Nimm die Zweige, die unter den Fellen zusammengebunden sind«, schlug er vor. »Meinst du nicht, das gibt Feuer genug?«

Ninioq lächelte. »Wir können es versuchen«, sagte sie. »In jedem Fall hält es den Bären davon ab, hier hereinzukommen.«

Sie suchten die Reisigbündel unter den Fellen hervor und legten sie vor die Höhle. Dann entzündete Ninioq ein Feuer mithilfe eines Büschels Mooswolle, und bald brannte das trockene Reisig lichterloh.

Der Rauch trieb zum Strand und stieg dem Bären in die Nase. Er steckte den Kopf aus der Höhle, wiegte ihn auf seinem langen Hals hin und her und witterte angestrengt. Als er das Feuer entdeckte, brüllte er drohend und setzte sich auf sein Hinterteil, um diese unbekannte Erscheinung zu studieren.

Manik nahm die kleine Armbrust, die eigentlich zur Vogeljagd diente. Er legte einen Pfeil ein und spannte die Sehne. Dann schoss er über das Feuer hinweg, der Pfeil surrte hinunter zum Bären und drang in dessen Hals, ohne jedoch größeren Schaden anzurichten. Noch einen Pfeil schickte Manik hinterher, und diesmal traf er unter dem rechten Auge, der Bär sprang wütend auf den vermeintlichen Feind zu – das Feuer. Als er so nahe war, dass er die Wärme spürte, hielt er inne. Er schlug knurrend nach den Rauchwolken und krümmte sich zum Sprung zusammen. Da griff Ninioq ins Feuer. Sie fuhr empor, schrie wie wild und warf die brennenden Zweige auf den Bären. Manik sprang auf und schleuderte die Lanze mit aller Kraft auf das Tier.

Der Bär brüllte wild vor Überraschung. Das Reisig hatten ihn am Kopf getroffen, und er spürte ein entsetzliches Brennen an der Schnauze und in den Augen. Er griff in blinder Wut nach den glühenden Zweigen und verbrannte sich seine schwarzen Pranken. Maniks Lanze traf ihn in den Bauch. Der Wurf war nicht kräftig genug, um tödlich zu sein, aber die Lanze blieb ein gutes Stück unter der Haut stecken, und die Wunde blutete stark, als der Bär die Lanze herausriss. Ninioq warf noch einen letzten Feuerregen, und dieser schlug den Bären in die Flucht. Er sprang in plumpem Galopp hinunter über den Eisstau am Strand und weiter übers Eis, bis er nicht mehr zu sehen war.

Manik lachte laut. Noch nie hatte er etwas so Komisches wie diesen Bären gesehen. Er lachte, bis ihm Tränen in die Augen traten und er husten musste; Ninioq klopfte ihm mit ihren verbrannten Händen auf den Rücken.

Der Bär hatte gefressen, so viel er nur konnte, das sahen sie. Er hatte fast ein ganzes Loddenbündel, vier Seiten getrocknetes Robbenfleisch und einen halben Fellsack mit Speck gefressen. Sie sammelten das Fleisch auf, das er im Schnee verstreut hatte, und schichteten die Steine vor dem Eingang wieder auf. Ninioq entschied, dass sie zukünftig alles getrocknete Fleisch in ihrer Höhle haben sollten, denn es war ja nicht ausgeschlossen, dass noch mehr ungebetene Gäste auf die Insel kamen.

Nachdem Ninioq sich ihre Hände mit Lampentran eingerieben hatte, um keine Brandblasen zu bekommen, kochte sie vier Robbenflossen, um den glücklichen Ausgang des Kampfes zu feiern. Sie wusste, dass der Junge diese Speise liebte, und sie sagte:

»Dein Großvater war auch ein großes Leckermaul. Für ihn gab es nichts Besseres als Robbenflossen. Er konnte zwölf Flossen verdrücken und noch die Kochbrühe trinken und war immer noch nicht richtig satt.« Sie deutete auf den Jungen. »Es sieht fast so aus, als ob du Attungak nachschlägst. Ich habe an deinem Lachen, als der Bär fortsprang, gehört, dass du und er eins seid. Nicht umsonst gab dir dein Vater bei deiner Geburt den Namen Attungak und Manik als Rufnamen, und wenn wir wieder unter Menschen sind, ist es mein Wunsch, dass du deinen Geburtsnamen trägst.«

»Ich möchte sofort Attungak heißen«, sagte der Junge. »Es ist, als passte Manik nicht mehr, jetzt, wo ich ein Versorger bin.« Er wurde ein bisschen rot bei diesen unbescheidenen Worten und schielte über den Topf zu Ninioq hin.

Aber sie blieb unerbittlich. Hier in der Höhle blieb er Manik. Erst wenn sie zu der viel gepriesenen Siedlung zögen, sollte er Attungak heißen. Und als die Robbenflossen kochten und die Brühe vor Fett perlte, gab er es auf, sie zu überreden und stürzte sich mit Heißhunger auf die dampfenden Leckereien.

10

Die Tage blieben jetzt nahezu vollkommen dunkel. Nur ein schwaches Licht erhob sich über dem Meer und verkündete den Beginn eines neuen Tages. Es war ein Licht, an das sich Ninioq mit vielen angenehmen Gefühlen erinnerte, denn es hatte früher frohe Reisen zu den umliegenden Siedlungen bedeutet, Gastmahle und Feste in Gesellschaft anderer Menschen.

Die Welt, die die beiden in der Höhle umgab, wirkte erstarrt, nur blasse Schatten bewegten sich sacht im Mond- und Sternenschimmer. Alle Geräusche der Natur waren verstummt, es schien, als hielte alles den Atem an und wartete auf etwas.

Für Manik wurde diese Zeit beschwerlich. Er war an die Höhle und ihre allernächste Umgebung gebunden, denn Ninioq wagte nicht, ihn im Dunkeln auf eigene Faust umherstreifen zu lassen. Nur einige wenige Male ging sie mit ihm auf der Insel umher, am liebsten aber blieb sie in der Höhle und behielt den Jungen bei sich. Für ihn allein war es draußen zu gefährlich. Ein plötzlicher Sturm konnte aufziehen, und Manik würde sich im Schneegestöber verlaufen, oder ein Bär, der keinen Winterschlaf hielt, konnte auf seiner Wanderung nach Süden die Insel durchstreifen und Maniks Witterung aufnehmen.

Sie selbst fühlte sich oft müde und bedrückt. Als ob das getrocknete Fleisch seine Kraft eingebüßt hätte, sehnte sie sich unsagbar nach frischem Fleisch und Eingeweiden. Sie konnte auf der Pritsche sitzen und von herrlichen Pflanzen und Beeren träumen, die sie gewöhnlich für den Winter sammelten, von Löwenzahn und Krähenbeeren, Blaubeeren mit grünen Blättern und dem wohlschmeckenden Knöterich. Nur ein wenig Klee oder Blasentang, das täte gut.

Es gab Tage, an denen Manik nicht einmal mehr Freude an seinen Welpen hatte. Dann saß er auf der Schlafstelle und starrte in die Luft oder in die kleinen, gelben Flammen der Lampe und hatte zu nichts Lust. Er hörte zerstreut zu, wenn Ninioq Episoden aus ihrem Leben erzählte, und stellte nur selten Fragen. Er sehnte sich nach dem Frühling, dem Licht und der bevorstehenden Reise.

Ninioq war besorgt wegen des zur Neige gehenden Lampenspecks. Sie hatten nur noch zwei Säcke, aber der Winter dauerte noch lange. Sie rechnete nicht damit, dass es in der Siedlung noch welchen gab, denn diese war sicher schlimm heimgesucht worden, nachdem sie sie verlassen hatten. Die Hunde hatten wohl alles Essbare gefressen, nachdem sie wild vor Hunger beim ersten Eis die Insel verlassen hatten. Hunde, Füchse und Raben würden sich an den Riemen und Häuten gütlich getan haben, am Speck, den Kleidern und den Leichen. Die Siedlung würde einen entsetzlichen Anblick bieten – umgewehte Zelte und Fleischgestelle, offene Fleischgruben, zerfetzte Kajaks und angefressene Menschenkörper. Es war ein Anblick, dem sie weder sich noch den Jungen aussetzen sollte.

Die Unruhe, die sie im Laufe des Sommers gequält hatte, war jetzt ganz verschwunden. Ninioq hatte nur ein unbestimmtes Vorgefühl, wenn sie daran dachte, was die Zukunft wohl für sie bereithielt. Das Schlimmste war ja bereits eingetreten und die Unruhe damit überflüssig geworden. Das Bedürfnis nach Menschen und Gesellschaft wurde geringer, je weiter der Winter fortschritt, und sie sehnte sich nur noch zutiefst danach, alt und müde werden zu dürfen.

Sie dachte oft daran, dass der Junge und sie die letzten Menschen sein könnten, ein Gedanke, den sie entsetzt zu verscheuchen versuchte. In solchen Momenten kam es vor, dass sie Manik über die Lampe hinweg berührte. Dann empfand sie wieder einen unbändigen Drang zu leben, bei dem Jungen zu bleiben. Er durfte nicht der Letzte sein.

Sie stellte sich voller Verzweiflung vor, wie er allein zurückbleiben würde. Obgleich er fast schon alt genug war, dass er sich mit seinem Fang durchschlagen konnte, wenn sie starb, würde die Leere entsetzlich sein. Auch wenn er während seines Heranwachsens große Einsamkeit kennen gelernt hatte, so war er doch nie allein gewesen. Noch konnte er seine Gedanken mit ihr austauschen, konnte Fragen stellen und erhielt Antworten. Sie machten alles zusammen und erlebten alles zusammen. Wenn sie erst einmal nicht mehr da war, dann würde er ganz allein sein. Ganz allein.

Sie wusste, dass auch er sich trotz seines geringen Lebensalters mit ähnlichen Gedanken beschäftigte. Oft fragte er, wann sie die glückliche Siedlung aufsuchen wollten, von der sie so oft erzählt hatte, und sie gab ausweichende Antworten: Er müsse erst ein tüchtiger Fänger werden, oder die Hunde seien noch zu klein, um sie vor einen Schlitten zu spannen.

Diese Antworten stellten ihn nicht zufrieden. Er war ungeduldig und sehnte sich nach Veränderung.

An anderen Tagen wieder konnte er sich zu ihr auf die Pritsche setzen und den Kopf in ihren Schoß legen. Dann weinte er einfach nur, weil er ängstlich und verzagt war. Wenn er sich ausgeweint hatte, drückte er seinen Kopf heftig in ihren Bauch und rief immer wieder, dass sie bei ihm bleiben und nicht wie die anderen sterben solle.

Die schweren Gedanken verließen Ninioq selten. Die Tage waren lang und voller Tatenlosigkeit, und die Zeit nährte die Schwermut.

Eines Tages erzählte Ninioq Manik vom Hai, vom großen Hai, der im tiefen Wasser lebt. Und sie schlug vor, ihn zu fangen. Manik lebte auf bei diesem Gedanken. Er weichte nach Ninioqs Anweisung Robbenfleisch in Wasser auf und knotete einen schweren Stein an seine Harpunenleine, auf die sie Klumpen von altem Speck zogen.

Sie gingen hinunter auf das zugefrorene Meer und hackten ein großes Loch ins Eis. An den Rand des Loches legten sie das aufgetaute Robbenfleisch und ließen Saft und Blut ins Wasser tropfen. Dann ließen sie die Leine mit Speck und Stein in die Tiefe, befestigten sie an einer Eisscholle und fingen an herumzulaufen, zu trampeln und zu rufen, um den Hai an die Oberfläche zu locken.

Es dauerte lange, bis er kam. Aber Ninioq konnte an der Bewegung im Wasser sehen, dass er da war. Sie rief dem Jungen zu, sich bereitzuhalten, und er nahm seine Harpune und stellte sich an den Rand des Eislochs.

Der Hai stand direkt unter dem Eis und suchte nach dem Speck, den Ninioq fast bis an die Oberfläche hochgeholt hatte. Langsam glitt er näher, träge durch den großen Druckunterschied, und ohne überhaupt eine Reaktion zu zeigen, ließ er sich von Manik harpunieren. Mit aller Kraft jagte Manik die Harpune in den Kopf des Hais und presste die Harpunenspitze mit dem Gewicht seines Körpers durch die raue Haut.

»Sie sitzt fest«, rief er begeistert, »schau, Ninioq, glaubst du, er ist tot?«

Ninioq schüttelte den Kopf. »Nein, er lebt. Aber es ist typisch für den Hai, ruhig an der Oberfläche zu warten, wenn ihn ein Fänger harpunieren will. Jetzt geht es lediglich darum, ihn hochzuholen.« Sie ging am Loch auf die Knie und machte mit ihrem Ulo zwei Schnitte in die zähe Haut, durch diese zog sie einen Lederriemen, dessen Ende an einem Eispflock befestigt war.

Es dauerte viele Stunden, bis sie das Tier auf das Eis gezogen hatten. Sie legten Najak eine Leine an und ließen sie beim Ziehen helfen. Und da lag der Hai schließlich, so lang wie ein Frauenboot und mit grauschwarzer Haut, die rau und körnig wie Granit war. Er schnappte träge mit den riesigen Kiefern, und die kleinen Finnen bewegten sich ganz langsam. Er tat einige gewaltige Schläge mit Hinterkörper und Schwanz, als Ninioq und Manik gemeinsam die Lanze durch seinen Kopf trieben.

Ninioq schnaufte vor Anstrengung. Sie strich sich die Haarsträhnen aus der Stirn und rief nach alter Gepflogenheit: »Ija, iija, ein Fisch wurde gefangen, iija, ein großer Fisch ließ sich fangen«, eine Beschwörung, von der sie wusste, dass man sie bei größeren Fischen brauchte. Sie brach das Tier schnell auf und warf den Kopf und alle Innereien außer der Leber zurück ins Meer.

Sie schnitten das Fleisch in lange Streifen, die sie hinauf ins Fleischdepot trugen, damit sie trockneten. Frisches Haifleisch sei gefährlich für Tier und Mensch, sagte Ninioq, wäre es aber erst getrocknet und gefroren oder dreimal hintereinander in immer wieder frischem Wasser gekocht, dann sei es genießbar und nahrhaft.

Die große Leber, die sie zu zweit mit Müh und Not tragen konnten, nahmen sie mit in die Höhle. Sie wurde aufgeschnitten und in die leeren Speckbeutel getan. Haileber, erklärte Ninioq, enthielt so reichlich Tran, dass sie mit dieser Leber Wärme und Licht für lange Zeit hatten. Außerdem sei es von Nutzen, ganz kleine Mengen zu essen.

Gegen Morgen erwachte Ninioq; der Junge flüsterte ihren Namen.

»Ja«, antwortete sie, »schläfst du nicht?«

»Ninioq«, murmelte er, »jetzt, da ich gelernt habe, Robben und Haie zu fangen, glaubst du nicht auch, dass ich tüchtig genug bin, um zu dieser Siedlung zu reisen – du weißt schon?«

»Ja, nun bist du schon tüchtig genug«, entgegnete sie, »du bist geübt in vielen Dingen und geschickter als die meisten in deinem Alter. Aber es gibt noch das eine und andere, das du lernen solltest, wenn wir unter diesen einzigartigen Menschen zurechtkommen wollen.«

Manik zog sich das Fell bis unter die Nase und murmelte in die Dunkelheit. »Ich kann sogar einen Kajak wieder aufrichten und Bären verscheuchen.«

Ninioq griff über ihn hinweg und richtete die Dochte in der Lampe. »Sobald es wieder hell genug ist, gehen wir hinaus und sammeln Treibholz für einen Schlitten«, sagte sie. »Und jetzt schlaf.«

Sie legte sich zurück in die Felle und schloss die Augen. Sie spürte ihren Körper nach der schweren Arbeit mit dem Hai. Es war ein guter Tag gewesen. Sie hatten Fang gemacht, waren beschäftigt und froh gewesen. Sie hatte für viele weitere Tage das Überleben für sich und den Jungen gesichert ... doch was sollte das nützen?

Vor der Höhle lagen Meer und Land in Mondlicht getaucht. Frostnebel stiegen aus den Wunen in der Fjordmündung wie tanzende, graue Gespenster, und schwer und drohend erhoben sich das Land und das gewaltige Eis nach Westen zu.

Langsam, nahezu unmerklich kam die Dunkelheit geschlichen, leise wie die Strahlen der Sonne wanderte sie über die Berge und legte sich wie ein riesiger Schatten über dem Land der Menschen zur Ruhe. Nun schlief die Welt den großen Winterschlaf.

Der Himmelsraum hing wie ein blitzender Baldachin über dem Land und wirkte trotz seiner vielen hellen Sterne und des weißgelben Mondes noch kälter und trostloser als die erstarrte Landschaft.

Die arktische Nacht. Die blaue Nacht, in der die weich gezeichneten Schneefelder der Täler, die scharfen Schatten der Berge, das unendliche Himmelsdach und die gewaltige Eisödnis ein Versprechen von Freiheit bedeuteten. In dieser Nacht wurde das Recht zu leben und zu sterben zugeteilt.

Im breiten Schatten des Festlandes schnürten fünf weißgraue Wölfe am Wall aus Packeis entlang. Sie kamen aus der verlassenen Siedlung, wo sie die Schlittenhunde getötet und gefressen hatten, die sich dort aufgehalten hatten. In großem Bogen umgingen sie das Kap, dessen Klippen steil zum Meer abfielen. Sie witterten aufmerksam, schlichen ein wenig umher, als suchten sie eine Spur, und dann liefen sie in langsamem Trab mit sicherem Instinkt über das Meer zur Insel Neqe.

11

Ninioq reichte Manik den Eispickel und ließ ihn weitere Stücke aus dem Eisberg hauen. Sie kniete sich neben den Wassertrog und zerkleinerte die herausgehauenen Eisstücke mit einem leichten Steinhammer. Der Trog war halb voll, das war erst der Wasserbedarf eines Tages.

Es war mitten am Tag, und das graue Licht lag bleich und wie Nebel über dem Meer. Die Berge auf der Südspitze der großen Insel Kerkertak ragten wie der Rücken eines Riesentieres über den Horizont, und lange rosa und grüne Linien säumten die schwarze Silhouette. Einige federartige Wolken zogen mit rotgelb flackernden und silbrig leuchtenden Schleiern hinter sich langsam über den Himmelsbogen.

Ninioq streckte den Rücken durch und stützte die Hände auf die schmerzenden Hüften. Sie blickte zum Land hin, wo die Küste in einer fernen und unscharfen Mauer aus Dunkelheit zerfloss. Aber sie kannte die Küstenlinie, und wenn sie sie jetzt auch nicht klar ausmachen konnte, so hatte sie doch ein deutliches Bild des hohen Vorberges, der gezackten Felsen und des großen Eises im Kopf. Sie nahm mehr wahr, als ihre Augen erkennen konnten, und sie fühlte die fünf grauen Schatten, noch bevor sie sie tatsächlich sah. Sie stand auf und starrte angestrengt über das Eis. Dann fasste sie den Jungen an der Schulter und rief:

»Lauf, Manik, die Wölfe kommen!« Sie ergriff seine Hand und zog ihn mit sich.

Manik blickte über die Schulter. Die Wölfe waren verschwunden. Sie hatten innegehalten, lagen jetzt und drückten sich aufs Eis und beobachteten die Flüchtenden. Erst als Ninioq und der Junge über den Strand rannten, setzten sie ihnen nach.

»Unters Frauenboot«, keuchte Ninioq außer Atem, »sonst erwischen sie Najak und die Welpen.« Sie krochen durch das Loch im Schneewall, das unter das Frauenboot führte. Hier hatte Manik für die Hunde eine geräumige und dichte Höhle eingerichtet.

»Halte den Eispickel in das Loch«, sagte Ninioq. »Benutze ihn als Lanze, damit sie diesen Weg nicht nehmen können. Und gib mir dein Messer, ich passe auf, ob sie anfangen, sich unter das Boot zu graben.«

Lange umkreisten die Wölfe das schneebedeckte Frauenboot. Sie schnüffelten in das Loch, aus dem die Witterung von Menschen und Hunden drang, und sie gruben ein wenig hier und da, ohne ernsthaft zu versuchen, durch den Schnee zu kommen. Aber sie griffen nicht an. Sie hatten genug Zeit und wussten, dass die Flüchtigen gefangen waren.

Ninioq lag auf den Knien. Ihr Blick ging am Bootsrand entlang, solange sie die Wölfe graben hörte. Aber ihr wurde schnell klar, dass diese nicht durchkommen wollten. Noch nicht. Sie kannte die Wölfe, denn in ihrer Jugend waren sie zahlreich gewesen, damals, als es noch Rentiere gab. Jetzt hörte man nur noch selten von diesen Raubtieren. Nur wenige Male waren die Jäger auf einen einsamen Streuner gestoßen, denn der Wolf war den Rentieren gefolgt, hatte fast unter ihnen gelebt. Es bestand nämlich ein besonderes Verhältnis zwischen den beiden, wusste sie. Sie selbst hatte einmal gesehen, wie sich zwei Wölfe, satt und fett, in einer Rentierherde bewegten, ohne die Tiere anzugreifen. Und es hatte ausgesehen, als ob die Rentiere überhaupt keine Furcht vor den Wölfen hätten. Nur wenn sie heulten und hungrig waren, drohte Gefahr. Dann griffen sie alles an, was sie überwältigen konnten, jedoch nicht so gerne Menschen. Sie griffen immer hinterrücks an, das war Ninioq bekannt. Sie bissen die Rentiere von hinten, und wenn sich die Beute umwandte, sprangen sie hoch und verbissen sich in die Kehle. Es war selbst für ein ausgewachsenes Rentier unmöglich, sich zu befreien, einen großen Wolf abzuschütteln, wenn er sich erst festgebissen hatte. Ninioq horchte auf die knirschenden Pfoten draußen. Es waren fünf Wölfe, hatte sie gesehen. Ein einzelner Wolf ist ungefährlich, auch wenn er hungrig ist, aber fünf können leicht den Tod bedeuten.

Die Wölfe setzten sich, so konnten sie hinunter in den kurzen Tunnel sehen, der unter das Boot führte. Stunde um Stunde saßen sie und warteten. Sie starrten mit leerem Blick in das schwarze Loch, und es schien fast, als schliefen sie. Ab und zu heulten sie Furcht erregend, und Ninioq war sich sicher, dass sie hungrig waren. Denn Wölfe heulen nur, wenn sie dringend Nahrung brauchen.

Tief in der Nacht griffen sie an. Manik saß und döste, der Eispickel steckte halb im Schneegang, und Ninioq kauerte an das Bootsgestell gelehnt und starrte tief in Gedanken vor sich hin.

Die Hündin hörte sie kommen. Ein leises Knirschen von breiten Pfoten draußen am Boot und dann ein schwaches Rascheln im Schnee, als sich der erste Wolf durch den Tunnel bewegte. Mit einem Heulen sprang Najak von den Welpen zum Eingang hin. Manik erwachte schlagartig. Er hörte Najaks Gebell und fast gleichzeitig ein wütendes

Knurren und dann ein fürchterliches Röcheln. Danach vernahm er, wie ein sich wehrender Körper aus dem Loch nach draußen in den Schnee gezerrt wurde.

»Najak!«, rief er verzweifelt, »Najak!« Er kroch halb in den Gang, wurde aber von Ninioq zurückgezogen.

»Du kannst ihr nicht helfen«, sagte sie mit gedämpfter Stimme. Sie legte ihren Arm um seine Schultern und drückte ihn an sich. »Denk lieber an die Welpen.«

Sie lauschten der wilden Rauferei, die aufkam, als die Wölfe Najaks Körper unter sich aufteilten. Manik umklammerte den Eispickel, dass seine Knöchel weiß wurden, und starrte voller Hass in den Gang.

»Najak ist tot«, sagte Ninioq. »Jetzt müssen wir die Welpen verteidigen.«

Manik nickte. Er saß mit zusammengepressten Lippen da, gespannt wie eine Feder.

Den beiden unter dem Frauenboot kam es wie eine Ewigkeit vor, bis die Wölfe zurückkamen. Ninioq und Manik wechselten sich ab, um kurze Augenblicke zu schlummern, aber sie waren viel zu angespannt, um richtig zur Ruhe zu kommen. Als die Wölfe dann angriffen, waren beide sofort hellwach.

Ninioq hörte, wie sie das Graben wieder aufnahmen. Diesmal gruben sie von zwei Seiten, um unter das Boot zu kommen. Ninioq ging in die Hocke, den Rücken an den Bug gelehnt, und hatte den Bootsrand im Blick, der sich als ein schwarzes, kaum wahrnehmbares Oval über dem Schneeboden abzeichnete.

Manik zog sich vom Loch zurück. Er konnte erkennen, dass draußen wieder Mittagslicht herrschte, und er sah, wie sich der helle Lichtkreis teilweise verdunkelte, als der Wolf kam.

Unendlich langsam kroch er durch den Gang, und sein Geruch war schon in Maniks Nase, bevor er ihn sehen konnte. Erst als er wusste, dass der Wolf mit dem ganzen Körper im Gang steckte, sprang er auf und stieß mit dem Eispickel zu. Der Wolf heulte vor Schmerz und Überraschung. Er versuchte, sich rückwärts aus dem Loch zu winden, aber Manik stieß ein zweites Mal zu. Diesmal traf er ihn direkt in den Hals, und als er den Widerstand der Halsmuskulatur spürte, legte er sein ganzes Gewicht auf den Schaft des Eispickels und stützte sich mit den Füßen an der Bootswand ab. Der Pickel fuhr mitten durch den Hals des Wolfes und bohrte sich in die Schneewand. Wütend biss der Wolf in den Holzschaft. Er wollte sich drehen, aber der Gang war zu eng, dann versuchte er, hinunter zu seinem Angreifer zu kommen, doch er wurde vom Eispickel festgehalten. Manik fühlte eine wilde

Freude beim Blutgeruch. »Er stirbt«, schrie er, »das Blut spritzt bis hierher!«

Ninioq antwortete nicht. Sie starrte auf die Bootshaut, an der einer der Wölfe kratzte. Aus irgendeinem Grund gab er es auf, die dicke Bootshaut aus Bartrobbenfell aufbrechen zu wollen, und fuhr fort zu graben. Und plötzlich war er durch. Sie sah eine breite, schmutzig weiße Pfote mit abgenutzten, gebogenen Krallen, und sie griff sie mit einer Hand. Der Wolf versuchte, die Pfote zurückzuziehen. Er knurrte bösartig und presste die Schnauze in das kleine Loch, um in die Hand zu beißen, die ihn gefangen hielt. Aber Ninioq ließ nicht los. Sie zog die Pfote unter dem Bootsrand weiter herein, und mit einem raschen Schnitt durchtrennte sie Fleisch und Sehnen, gleichzeitig drehte sie den Knochen nach oben. Es gab einen kleinen Knacks, als das Bein brach, und der Wolf heulte vor Schmerz.

Manik zerrte am Eispickel. Aber der Wolf rührte sich nicht. Er sah hinauf in das Loch zu dem weichen, grauen Schatten. »Ich glaube, er ist tot«, sagte er triumphierend.

»Lass ihn liegen«, flüsterte Ninioq erregt. »Er versperrt den Eingang.« Sie drehte sich mit dem Messer zum Bug. »Pass dort auf«, rief sie.

Noch ein Wolf hatte sich unter den Bootsrand gewühlt. Ninioq ließ ihn graben, bis sich beide Pfoten und der Kopf innerhalb des Bootes befanden. Sie saß mit erhobenem Messer, an die gebogene Seitenwand gepresst. Der Wolf knurrte Manik wütend an, der ihn entsetzt anstarrte. Erst als der Wolf seinen Körper durch das Loch zwängte, stach Ninioq zu. Sie rammte das Messer hinter dem Ohr hinein, und ohne einen Laut sank das Tier zusammen. Gemeinsam zogen sie den Wolf durch das Loch, um die anderen zu diesem Eingang zu locken.

Aber die beiden Überlebenden rannten verwirrt herum. Sie töteten den dreibeinigen Wolf und fraßen so viel von dem warmen Fleisch, wie sie nur konnten. Einer von ihnen war so unvorsichtig, den Kopf in das gegrabene Loch zu stecken. Maniks Eispickel traf ihn über dem Auge. Er zog sich wimmernd zurück. Er stürzte in den Schnee, blind von seinem eigenen Blut, und setzte sich schnell zum Festland in Trab, fort von Neqe.

Der letzte Wolf legte sich auf das Frauenboot direkt über dem Eingang und wartete.

Sie lagen lange und horchten. Sie hatten gehört, wie das Winseln des verletzten Wolfes immer schwächer wurde, und rechneten damit, dass die beiden Überlebenden die Insel verlassen hatten. Ninioq zog den toten Wolf aus dem Gang heraus und kroch ins Freie. Sie kam nicht dazu, ihren Angreifer zu sehen. Der wartende Wolf sprang und traf sie im

Rücken und warf sie zu Boden. Er biss sich in ihrem Nacken fest und zerkratzte mit seinen Hinterpfoten ihre Oberschenkel. Manik, der ihr gefolgt war, sah, wie sich der Schnee unter ihnen rot färbte und fing an, außer sich zu schreien. Er warf den Eispickel weg und warf sich auf den Rücken des Wolfes. Er riss große Büschel aus dem dicken, fettigen Fell, und er schrie dabei ohne Unterlass.

Ninioq vermochte sich ein wenig auf die Seite zu drehen. Kein einziger Laut kam über ihre Lippen. Ihre Augen waren weit offen und hatten einen Ausdruck von Wildheit und Mordlust. Sie schützte den Hals mit einer Hand, mit der anderen hieb sie mit dem Messer nach hinten. Sie traf das Tier direkt über dem Geschlechtsteil, und sie hielt das Messer tief in die Wunde gepresst. Dann zog sie den Arm langsam nach oben. Es war, als verliehen ihr die Schmerzen vom Biss in den Nacken Kräfte. Ganz langsam schlitzte sie den Bauch des Wolfes auf. Die Eingeweide quollen hervor und glitten dampfend über ihren Rücken in den Schnee. Der Wolf fauchte durch die schwarze Schnauze, aus seinen Lefzen floss blasiger, weißer Schaum. Er bohrte seine Zähne noch tiefer in Ninioqs Hals, und sein großer Körper zitterte, als würde er frieren.

Als er verendete, saßen die Kiefer fest um Ninioqs Nacken. Sie ließ Manik die Sehnen des Unterkiefers durchschneiden, und stöhnend zog sie die langen Zähne vorsichtig aus der Wunde. Sie hatte viel Blut verloren und musste sich auf den Jungen stützen, als sie zur Höhle hinaufgingen. Die glühende Wildheit war aus ihrem Blick verschwunden. Als sie sich auf die Pritsche legte, hatten ihre Augen den ruhigen Ausdruck einer müden, alten Frau.

Nach ihren Anweisungen legte Manik Speck auf die Wunde und band Holzstreben um ihren Hals, um die durchgebissenen Sehnen zu stützen. Dann wusch sie sich mit Urin aus dem Zuber unter der Pritsche, und er zog das Fell über ihren Körper.

Die Verletzung machte Ninioq warm und dösig. »Fünf Wölfe«, flüsterte sie. »Sogar Attungak hätte sich nicht besser zu helfen gewusst. Vielleicht sind wir jetzt Großfänger, Manik.«

Ninioq lag lange wach. Die Schmerzen im Nacken waren stark, und die Gedanken bedrängten sie.

Sie begriff plötzlich vieles, weil sie einen bisher verborgenen Teil ihrer selbst kennen gelernt hatte: die Wildheit, den Blutdurst und die Wut. Die Wölfe waren gnadenlos gewesen – wie sie auch. Wie die Menschen überall und wie die fremden Geister in dem großen Boot. Das Leben war Kampf und Tod, Grausamkeit und Angst, vermischt mit einer ganz unerklärlichen Freude, einfach nur zu leben.

Es kam ihr so vor, als wären die weißen Mörder,

die alle ihre Verwandten genommen hatten, nicht viel anders gewesen. Vielleicht waren sie gar keine Geister, obwohl sie Künste beherrschten, die den Menschen, den Inuit, unbekannt waren. Vielleicht waren sie Menschen von gleichem Fleisch und Blut, nur aus einer anderen Welt, einer fremden Welt.

Sie verfolgte lange diese Gedanken und fühlte sich ermuntert. Und als sie schließlich einschlief, wusste sie, dass die Menschen in der Siedlung von anderen Menschen getötet worden waren und also einen ganz natürlichen Tod erlitten hatten.

12

Ein Unwetter hatte um den gestrandeten Eisberg, von dem sie Wasser holten, ein Loch ins Eis gerissen. Aus dem klaffenden, schwarzen Loch stieg ein feiner durchsichtiger Nebel, der mit zarten Regenbogenfarben flach über das Packeis tanzte.

Manik entdeckte die Wune, als er Fleisch holen wollte. »Dort draußen ist offenes Wasser«, rief er zu Ninioq hinauf. »Darf ich hinausgehen und Dorsch angeln?«

Ninioq erhob sich von der Pritsche. Die Wunde im Nacken war verheilt, aber die Muskeln steif, sie konnte weder nicken noch den Kopf drehen. Sie streckte den Oberkörper aus der Höhle und blickte zum Eisberg hinunter.

»Darf ich, Ninioq?« Seine Stimme war voller Eifer, erregt über die Aussicht auf eine Abwechslung im sonst so eintönigen Dasein.

»Ja«, antwortete sie. »Du kannst mit dem Fleisch solange warten, bis wir sehen, ob du etwas fängst.«

Manik zog sich warm an. Er nahm Lanze und

Angelschnur mit, und in der Tür drehte er sich um und lächelte Ninioq an. »Es wäre sicher gut, Wasser aufzusetzen, denn heute werden wir etwas anderes zu essen bekommen als getrocknetes Fleisch.«

Als der Junge verschwunden war, stutzte sie die Lampendochte und legte sich wieder auf die Pritsche. Sie schloss die Augen, um die Höhle nicht sehen zu müssen und ihre Gedanken besser bändigen zu können.

Sie war müde. So müde, dass selbst das Leben nichts mehr bedeutete. Aber sie musste für den Jungen weiterleben. Angst vor dem Tod hatte sie nicht. Der Tod würde wie eine Erlösung kommen, eine lang erwartete Veränderung in einem Dasein, zu dem sie nicht mehr gehörte. Vor dem Leben hingegen hatte sie Angst, denn das Leben war Leere, Einsamkeit und Furcht vor dem Kommenden geworden. Am meisten Angst hatte sie um den Jungen. Was würde mit ihm werden, wenn sie starb? Ihr blieb nicht mehr viel Zeit, sie fühlte es, und wie konnte sie dieses Kind sich selbst überlassen? Wie lange würde er noch überleben können, wie viel Furchtbares durchleiden müssen, ehe er ihr folgen würde? Er durfte nicht der Letzte sein. Alles, nur nicht der Letzte.

Sie öffnete die Augen und schaute zur Decke hinauf. Die Lampe leuchtete warm und gelb, das Licht tanzte auf dem unebenen Granit wie Schatten von etwas Lebendigem. Die Bürde der Zukunft lastete wie ein großes, böses Tier auf Ninioq. Sie atmete schwer und presste die Hände gegen die Holzkante der Pritsche.

Der Junge und sie waren allein. Sie waren die letzten Menschen in der bekannten Welt, die allerletzten. Ihr Herz schlug so stark, dass sie es hören konnte. Die Worte waren ein Echo tief in ihrem Kopf, immer lauter klangen sie und wurden schließlich unerträglich. Sie setzte sich stöhnend auf und barg ihr Gesicht in den Handflächen.

Ninioq begriff erst, dass sie weinte, als die Tränen durch ihre Finger sickerten. So lange Zeit nach dem Kampf mit den Wölfen bemerkte sie erstmals, wie sich in ihr alles zusammengeballt hatte, wie ihre Gefühle als unauflöslicher Knoten tief in ihr saßen. Das Weinen war eine Erlösung. Solange sie weinte, waren die quälenden Gedanken nicht da, es gab nur das Weinen, das dem leichten Streicheln einer tröstenden Hand übers Haar gleichkam. Sie beugte sich vor und legte die Stirn auf die angezogenen Knie und schluchzte laut.

Auf das Weinen folgte eine Klarheit, nach der sie sich lange Zeit gesehnt hatte. Sie sah ein, was sie davor nicht hatte einsehen wollen und was sie ständig von sich gewiesen hatte. Und sie spürte die Stärke und Entschlossenheit, die ihr helfen sollten, das zu tun, was nötig war.

Ninioq zog den Urinzuber unter der Pritsche hervor und wusch ihr Haar und ihren Körper. Sie tat es sorgfältig, und als sie fertig war, trocknete sie sich mit einigen Hasenfellen ab, zog ihre Hauskleidung wieder an und band ihr Haar zu einem breiten Knoten hoch. Manik war schon lange weg, er musste bald zurückkommen. Sie ließ den Kessel aufs Feuer hinunter, damit er nicht enttäuscht war, wenn er tatsächlich Dorsch mit nach Hause brachte.

Sie war gerade damit beschäftigt, Wasser in den Kessel zu gießen, als ein schwacher Ruf zu ihr drang. Der Ruf war ganz undeutlich, und sie konnte nicht erkennen, ob er von einem Tier oder von Manik kam.

Sie öffnete die Tür und steckte den Kopf hinaus. »Manik!«, rief sie, »bist du es?«

Seine Stimme kam vom Eis. »Ninioq! Ninioq!« Es klang ganz schwach und verschreckt. Sie hastete zum Meer hinunter.

»Er ist in die Wune gefallen«, murmelte sie, »oh, nur das nicht, nur das nicht.« Sie watete durch die Schneewehen, die Land und Eis verbanden, und rannte zur schwarzen Wune. Er darf nicht so sterben, dachte sie, er durfte keine Angst haben, nicht leiden.

Manik lag im Wasser. Nur sein Kopf und ein Arm waren über Wasser. Die Finger umkrampften die Lanze, die er quer über die Wune gelegt hatte, und Ninioq warf sich auf den Bauch und packte sein Handgelenk.

»So«, sagte sie so ruhig, wie es ihr möglich war, »dir passiert nichts. Versuche, ob du etwas mithelfen kannst, wenn ich jetzt ziehe.«

Aber der Junge war steif und gefühllos. Seine Augen waren weit aufgerissen, sein Mund offen, als wollte er schreien.

Der Anblick des erschreckten Kindergesichtes verlieh Ninioq gewaltige Kräfte. Sie zog, bis sie seinen Amulettriemen unter dem Anorak fassen konnte, und dann erst ließ sie sein Handgelenk los. Sie beugte seinen Kopf auf die Eisoberfläche, und mit kleinen Rucken zog sie ihn über die scharfe Eiskante. Der Junge war halb tot vor Schreck und Erschöpfung. Er lag da und starrte sie an, ohne etwas zu sagen, ohne überhaupt zu versuchen zu sprechen.

Ninioq nahm ihm den Amulettriemen ab und führte ihn unter seinen Achselhöhlen hindurch. Und so zog sie ihn übers Eis und hinauf zur Höhle. Hier nahm sie ihm die nahezu steif gefrorenen Kleider ab, legte ihn nackt auf die Pritsche und begann, Leben in den kleinen, kalten Körper zu reiben.

Nur langsam wich der ängstliche Ausdruck aus seinem Gesicht. Er heftete seinen Blick die ganze Zeit auf Ninioq, und plötzlich flüsterte er. »Es war so schwarz dort unten, so schwarz ...«

Ninioq brachte ihn zum Schweigen. »Du musst jetzt schlafen«, sagte sie, »denk nicht mehr daran.«

Sie tauchte die Finger in den Tran der Lampe und fing an, seine Brust zu massieren. Als sich die Haut warm und lebendig anfühlte, machte sie mit dem Bauch und den Oberschenkeln weiter. Erst als ihm der Schweiß ausbrach, zog sie das Fell über ihn.

Er schaute sie schläfrig an. »Leg dich zu mir, Ninioq«, bat er, und sie schlüpfte unter das Schlaffell und zog es über ihre Köpfe, wie sie es immer getan hatte. Und dort im Dunkeln erzählte sie ihm flüsternd von der Reise, die sie bald zu der herrlichen Siedlung machen wollten, wo es so viele Menschen gab, dass sie in zwanzig Gemeinschaftshäusern keinen Platz hatten. Das war eine unfassbare Anzahl für Manik und auch für Ninioq. Denn zwanzig war so viel wie die Finger und Zehen eines Menschen zusammen, also ein ganzer Mensch, und dort waren mehr als zwanzig Personen in einem einzigen Gemeinschaftshaus.

Manik seufzte tief. Er legte sich auf die Seite und drückte sich an Ninioq. »So viele«, murmelte er.

»Ja, und es gibt ganz viele Kinder, mit denen du spielen kannst«, fuhr Ninioq fort, »und die Sonne scheint dort länger im Jahr als hier auf der Insel.«

»Warum?«

»Es ist einfach so. Vielleicht verdienen die Menschen dort mehr Sonne als wir«, meinte Ninioq.

Sie erzählte weiter von dieser glücklichen Siedlung, bis sie merkte, dass er ruhig schlief. Sie stand auf und kroch zur Tür der Höhle. Als sie diese öffnete, strömte die eiskalte Luft herein und ließ die Flammen der Lampe bis zur Höhlendecke züngeln. Sie schaute hinaus in die Nacht, die so unendlich lang gewesen war. Der Himmel war klar und voller Sterne, und weit im Süden flackerten die hohen Schleier des Nordlichts über dem Eis.

Sie ließ die Tür offen und kroch zurück zur Pritsche. Einen Augenblick saß sie und starrte in die Lampe. Ivnales große Lampe, die Katingak ihr geschnitten hatte. Diese Lampe, die all die Jahre Licht für sie alle hatte, die erhellt und gewärmt hatte, als die Kindeskinder geboren wurden, und die vielleicht den großen Mördern zum Opferfest geleuchtet hatte. Sie streckte einen Finger aus und schob einen Docht nach dem anderen in den Tran zurück. Bei der letzten kleinen Flamme hielt sie einen Augenblick inne. Sie drehte sich um und sah in Maniks Gesicht. Er lag auf der Seite, die Wange tief ins Schlaffell gepresst. Sein schwarzes Haar fiel in einer widerspenstigen Welle über die Stirn, er atmete tief und regelmäßig. Ninioq legte sich neben ihn. Sie betrachtete ihn die ganze Zeit, während ihre Hand den Rand der Lampe suchte. Als der letzte Docht mit einem Zischen verlöschte, wurde es dunkel in der Höhle. Nur ein ganz schwacher Widerschein des Schnees drang herein, so schwach, dass der Eingang nur gerade zu erkennen war.

Ninioq lag auf dem Rücken. Sie fuhr mit den Fingern an der harten Kante der Pritsche entlang. Die Pritsche war ihr vertraut. Hier war sie geboren, hier hatte sie einen großen Teil ihres Lebens verbracht, hatte geliebt und selbst geboren. Und auf der Pritsche lag sie nun am Ende.

Unendlich vorsichtig zog sie das Schlaffell von dem schlafenden Jungen und ließ es auf den Steinfußboden fallen. Die Kälte legte sich über sie, und sie begann zu zittern. Bald, dachte sie, bald wird alles besser. Die, die es versucht haben, sagen, dass man sich vor dem Tod nahezu warm fühlt. Sie nahm Maniks Hand und hielt sie fest. Er bewegte sich unruhig, als die Kälte in seinen Körper biss, aber sie wusste, dass er zum Aufwachen zu erschöpft war.

Bald, dachte sie, ist alles vorbei. Dann muss er keine Angst mehr haben, und ich muss den Tod nicht fürchten. Bald, dachte sie, kommt das Licht zurück, und dann reisen wir zu der Siedlung.

Sie lag auf dem Rücken und starrte auf den schwachen Lichtkreis des Eingangs, als erwarte sie etwas.

Nachwort

Vor Jahren, während eines Aufenthaltes in Nordostgrönland, befuhr ich im Sommer das Fahrwasser südlich der Geographical-Society-Insel. Auf einer kleinen, unscheinbaren Insel, die zwischen zwei größeren eingezwängt lag, fand ich den Schädel einer erwachsenen Frau und, einige Meter entfernt, von Moos überwachsen, die Skelettreste und den Schädel eines Kindes.

Diese Funde weckten natürlich meine Neugierde. Ich lief die Insel ab, konnte aber keine Spuren von Hausruinen oder Steine von Zeltumrandungen ausmachen. Es sah ganz danach aus, als sei die Insel nicht bewohnt gewesen. Doch dann entdeckte ich eine geräumige Höhle nahe am Strand, einige Meter über der Hochwassermarke. Auf dem Boden der Höhle lag ein Tierknochen, in den Löcher verschiedener Größe gebohrt waren. Er erinnerte sehr an das Werkzeug, das die Inuit früher gebrauchten, um Riemen geschmeidig zu machen. Außerdem fanden sich eine kleine, gut erhaltene Tierfigur aus Moschushorn und ein Pfriem zum Nähen.

Was war mit diesen beiden Menschen geschehen? Warum befanden sich ihre Gebeine auf dieser kleinen, unbewohnten Insel? Der Möglichkeiten waren viele, sie regten die Fantasie an. Waren sie während einer Reise umgekommen oder von ihren Stammesgenossen auf der Insel ausgesetzt worden? War die Höhle ein Fleischdepot, das sie bewacht hatten, bis der Tod sie zu sich nahm? Konnten es Kräfte von außen gewesen sein, die sich verschworen und Frau und Kind in einer menschenleeren Welt zurückgelassen hatten – oder waren sie vielleicht die letzten Angehörigen einer ausgestorbenen nordostgrönländischen Bevölkerung, die aus irgendeinem Grunde so weit ans Meer gezogen war?

All diese Fragen werden unbeantwortet bleiben. In diesem Buch habe ich versucht, mir vorzustellen, was den beiden vor mehr als zweihundert Jahren geschehen sein konnte, bevor die Höhle auf der kleinen, unbewohnten Insel zu ihrer letzten Ruhestätte wurde.

Skogslund, Mai 1975

Jørn Riel im Unionsverlag

»Riel erzählt in süchtig machender Manier von der Arktis – drastisch, saftig, witzig, lehrreich und voller Poesie.«
Brigitte, Hamburg

Das Haus meiner Väter

Dies ist die Geschichte des Inuit-Jungen Agorajaq, seiner zwei weißen Väter, seiner drei Onkel und ihrem Haus am Fuß des Berges, der Miss Molly genannt wurde.
»Mit diesem Buch reiht sich Riel in die großen Erzähler der Arktis ein.« *Rheinischer Merkur*

Nicht alle Eisbären halten Winterschlaf

In Nordostgrönland stranden die Männer, die die Nase voll haben von Europa und seiner Zivilisation.
»Die skurrile Männergesellschaft mit ihrer raubeinigen und zugleich gutherzigen Art ruft einen Lesespaß hervor, wie er uns seit John Steinbecks ›Ölsardinenstraße‹ nicht mehr begegnet ist.« *Ulrike Sárkány, Norddeutscher Rundfunk*

Zu viel Glück auf einmal

»Dieses Buch macht uns Seite für Seite Schmunzeln. Hin und wieder grenzt das Narrenspiel ans Trauerspiel. Aber bei allem Mitleiden bleibt dem Leser die Freude an den Eulenspiegeleien, mit denen dieses Buch ihn beschenkt.«
Sabine Brandt, Frankfurter Allgemeine Zeitung

Juri Rytchëu im Unionsverlag

Der Mondhund

Ein zauberhaftes Märchen darüber, wie man die Liebe und seinen Platz in der Welt findet. »Die poetische Geschichte wandelt sich ganz behutsam in ein Liebesbekenntnis.« *Sächsische Zeitung*

Die Reise der Anna Odinzowa

Anna heiratet den jungen Tschuktschen Tanat, damit sie als Ethnografin aus nächster Nähe das Leben der Nomaden erforschen kann. Sie lernt nach den uralten Gesetzen der Tundra zu leben und wird zur Nachfolgerin des alten Schamanen.

Der letzte Schamane

Familiengeschichte, Epos des eigenen Volkes und Schöpfungsmythos verschmelzen in diesem Roman. »Mit Rytchëu verfügt die Arktisliteratur über einen raren Kronzeugen, dessen Perspektive eine völlig andere ist.« *Rheinischer Merkur*

Traum im Polarnebel

Durch einen Unfall muss der Kanadier John MacLennan in einer Siedlung der Tschuktschen an der eisigen Nordküste Sibiriens überwintern. Aus einem Winter wird ein ganzes Leben.

Unna

Im Internat findet Unna Gefallen an der Zivilisation. Beinah kann sie auf der Karriereleiter ganz nach oben gelangen. Zu spät begreift sie, welche Opfer man von ihr dafür verlangt.

Wenn die Wale fortziehen

Die Schöpfungslegende der Tschuktschen von der ursprünglichen Gemeinschaft von Mensch und Wal ist zugleich eine Vorahnung der heutigen Zeit.